Karl Richard Lindscheid

Erbschaftsangelegenheiten

Roman

Karl Richard Lindscheid

Erbschaftsangelegenheiten

Roman

Bibliografische Informationen der Deutschen Nationalbibliothek:
Die Deutsche Nationalbibliothek verzeichnet diese Publikation in
der Deutschen Nationalbibliografie; detaillierte bibliografische
Daten sind im Internet unter http://dnb-dnb.de abrufbar.

© 2022 Lindscheid, Karl Richard
Herstellung und Verlag: BoD – Books on Demand, Norderstedt
ISBN 9 783756 861767

Widmung

Für Annette – natürlich

Prolog

Roberecht Erik Tarnus saß auf einem kleinen dreibeinigen Schemel vor der Hütte, die ihm als Schlafstätte diente. Hütte, Gartenhaus, Schuppen – wie sollte man dieses kleine, unscheinbare, etwas windschiefe Holzhaus nennen, das unweit des Gutshauses, durch eine Hecke von diesem getrennt, gelegen war? Eigentlich war es egal. Tarnus hatte Wert auf eine abseitig gelegene Unterkunft gelegt – manchmal weckten ihn immer noch Alpträume. Obwohl der Überfall, dem er eine große Narbe auf dem Schädel verdankte, schon einige Zeit zurücklag, wurde er immer noch von den Schemen und Schatten dieses Geschehens eingeholt. Und dann konnte es sein, dass er Laute von sich gab, die seine Umgebung störten oder befremdeten. Das sollte nicht sein.

Außerdem musste es ja auch nicht jeder mitbekommen, dass er, Tarnus, noch Probleme hatte. Hier war er der Mann, der Gilgs Hof wieder auf Vordermann bringen sollte. Nichts gegen Petter, den eigentlichen Verwalter, der war immer freundlich und zuvorkommend. Doch er war nun einmal tüddelig geworden und seiner Aufgabe nicht mehr gewachsen – und das stand ihm mit seinen mehr als 60 Lenzen nun einmal zu. So war Tarnus auf die Bitte Gilgs eingesprungen. Tarnus strich sich über sein stoppelbärtiges Kinn und genoss die milde Abendsonne. Eigentlich müsste er mal wieder bei Hannes dem Bader vorbeischauen, doch hier war er in der Nähe von Elmshorn und Hamburg lag eine Tagesreise entfernt. Irgendwann würde seine Aufgabe hier erledigt sein und er müsste nach Hamburg zurückkehren, wo er auf dem Kattrepel einen Laden mit gebrauchten Textilien betrieb und nebenbei „Späherdienste" leistete, Nachforschungen verschiedenster Art für verschiedenste Auftraggeber.

Tarnus lehnte sich an dem kleinen Bauwerk an. Die Bretter knarrten und der kleine Schemel ächzte. Er „müsste" nach Hamburg zurück. Was war ihm da durch den Kopf gegangen? Nicht „sollte" oder „würde", nein „müsste": Tarnus schüttelte den Kopf. Bis vor wenigen Tagen unvorstellbar: Da hatte es nachts an seiner Tür geklopft, er hatte gehört, wie die Türklinke bewegt wurde, und eine leise Stimme hatte „Erik" geflüstert. Tarnus war aufgestanden und hatte den Stuhl, mit dem er die Tür zugestellt hatte, beiseitegeschoben. Und dann war sie auch schon hereingekommen, die blonde Hiltrud. Am nächsten Morgen, als Tarnus erwachte und erste Sonnenstrahlen die Hütte erleuchteten, war sie schon wieder weg gewesen, doch auf dem Stroh des Lagers hatte sie den Abdruck ihres Kopfes hinterlassen.

Tarnus schüttelte erneut den Kopf. Unvorstellbar!! Schön war sie, die blonde Hiltrud, Petters verwitwete Tochter, die auf dem Hof die Küche leitete. Wie vertraut er mit ihr sprechen konnte! Und wenn sie lachte, konnte er die Grübchen auf ihren Wangen sehen. Er hatte ihr von seinem Unfall erzählt und dass er deswegen sein Bein noch nachziehen musste. Es hatte sie nicht gestört. Dass er nachts unruhig werden und Schreie ausstoßen konnte: Nun, sie war nachts zu ihm gekommen. Manchmal strich sie zärtlich über seine Narbe und sagte nur „Erik".
Erik – Tarnus. Er sinnierte weiter. In Hamburg war er „Tarnus" oder „Meister Tarnus". Gegenüber Gilg hatte er sich als „Erik" eingeführt und das war er auch hier auf dem Hof. Aber war das alles nicht völlig egal? Eine Frau in seinem Leben – noch einmal: unvorstellbar.

Die Abendsonne war dabei, unterzugehen. Leise Schritte holten Tarnus aus seinen Gedanken. Hiltrud stand vor ihm. „Erik", sagte sie zärtlich.

„Willst du sitzen? Warte, ich stehe auf."

„Ich sitze schon." Hiltrud setzte sich auf seinen Schoß und küsste ihn auf den Mund.

Tarnus erwiderte den Kuss. „Hm", brummte er dann.

„Was ist?", fragte Hiltrud und küsste Tarnus' Narbe am Kopf.

„Hast du keine Sorgen, dass über uns geredet wird? Ich meine, du bist doch eine ehrbare Wittib und da …"

„Erik", Hiltrud unterbrach ihn. Dann lachte sie und zeigte ihre Grübchen. „Ich denke mal, das mit uns weiß doch inzwischen jeder hier auf dem Gutshof. Und um meine Ehre musst du dir keine Sorgen machen, wenn ich mein Herz einem Mann schenke, der auch seine Ehre hat." Sie küsste Tarnus erneut auf den Mund. „So ernst und nachdenklich. So heiter und humorvoll. So treu zu seinen Freunden und Mitmenschen."

„Hm", brummte Tarnus erneut.

„Was ist?"

„Ein bisschen peinlich ist es mir schon, was du gerade gesagt hast."

„Und weiter?"

„Wenn du noch länger auf meinem Schoß sitzt, bekomme ich einen Krampf in den Beinen oder der Hocker bricht unter uns zusammen."

„Da weiß ich eine Lösung." Hiltrud lachte und stand auf.

Unkontrolliert kamen Tarnus' Gedanken. Erst eine Glocke, dann ein rotes Wappen auf weißem Grund. „Die Mariensterne, die Mariensterne", murmelte er. Dann ein Blitz, der seinen Kopf durchzuckte, ein heller Blitz, der keinen Schmerz verursachte – Tarnus schrie auf, erschreckt und verstört. Er versuchte, sich aufzusetzen, doch da verspürte er Druck auf der

Schulter, eine Hand, die ihn auf das Lager herunterzog. „Du hast böse geträumt", hörte er eine sanfte Frauenstimme.

„Hiltrud?", fragte er schlaftrunken.

„Ja, Erik, ich bin es", hörte er neben sich. „Komm, leg dich wieder zu mir, die Nacht ist noch lang."

„Ich hatte wieder diesen Traum", sagte Tarnus nach einer Pause. „Ich hatte dir davon erzählt, dass ich manchmal aufwache und Geräusche oder Schreie von mir gebe. Jetzt hast du es miterlebt."

„Das weiß ich doch." Hiltrud streichelte seine Wange und küsste sie. „Meinst du, du könntest noch etwas schlafen?"

„Mir geht so viel durch den Kopf."

„Sag es."

„Da sind einerseits die Träume. Die kommen und gehen und ich habe keinen Einfluss darauf. Aber ich lerne, damit zu leben. Aber da ist noch etwas anderes. Hiltrud, ich fasse es immer noch nicht. Da hast du neben mir gesessen und wir haben gemeinsam gesprochen und gelacht. Und dann bist du in diese Hütte gekommen – zu mir."

„Als ich dich zum ersten Mal gesehen habe – du weißt, als du auf dem Hof ankamst – da konnte ich mit dir auf den ersten Blick nichts anfangen. „Ist das der Mann, den Gilg geschickt hat, um meinen Vater zu ersetzen, habe ich mich gefragt. Doch schon bald habe ich gespürt, wie du bist." Hiltrud strich Tarnus noch einmal über die Wange. „Komm, nimm mich in den Arm und wir schlafen noch ein wenig."

4

I

Tarnus trat in die Küche des Gutshofs. Hiltrud stand am Herd. „Ich suche Petter", sagte er. Hiltrud wandte sich zu ihm um und warf ihm einen zärtlichen Blick zu. Dann drehte sie sich wieder zum Herd. Es waren noch andere Frauen in der Küche. „Heute Morgen hat er gesagt, er wolle die Weiden auf den Stock setzen."

„Also die Weiden am Weg zum Feld?", fragte Tarnus.

„Genau die."

Tarnus wollte noch länger in der Küche bleiben, um die Nähe zu Hiltrud zu genießen. So fragte er unverfänglich: „Was gibt es denn heute zu essen?"

„Kapaun mit schwarzer Soße", kam es vom Herd zurück. „Mit Pastinaken."

„Kapaun mit schwarzer Soße", wiederholte Tarnus. „Von schwarzer Soße habe ich nur gehört, sie aber noch nie gegessen. Was macht die Soße denn so schwarz?"

„Du brauchst dazu Essig von roten Trauben", erklärte Hiltrud, „und dazu noch Ingwer und schwarzen Pfeffer. Aber jetzt kommt das Besondere: Du gibst Brotkrumen von angebranntem Brot dazu. So wird die Soße schwarz."

„Ein Festmahl", meinte Tarnus.

„Richtig, ein Festmahl. Hast du vergessen, dass heute Sonntag ist?"

„Die Wochentage habe ich glatt vergessen", gab Tarnus zu und lächelte dazu.

„Du wolltest doch nach Petter suchen", kam es jetzt resolut vom Herd.

„Stimmt. Ich gehe dann mal los."

„Übrigens, Gilg hat ausrichten lassen, dass er im Laufe des Tages vorbeikommen will."

„Heben wir ihm dann etwas vom Kapaun auf?", wollte Tarnus wissen.

„Das ist meine Sache. Aber dazu wird es wohl nicht kommen. Vielleicht kannst du einen Flügel mehr essen. Gilg muss noch am Abend zurück. Aber jetzt raus hier!" Es klang wie ein Befehl, doch Hiltrud drehte sich noch einmal zu Tarnus um und lächelte dazu.

Tarnus verließ den Gutshof, ging ein paar Schritte bis zum Weg und folgte diesem Richtung Feld. Petter hatte eine Trittleiter aufgestellt und war dabei, bei einer Kopfweide die Äste zu kappen. „Moin, Petter", begrüßte er den weißhaarigen Mann. „Moin, Erik", kam es zurück, „wohin des Wegs?" „Na, wohin wohl? Zu dir." „Lass mich noch die Weide fertig auf den Stock setzen." Petter schnitt noch einige Äste und Zweige ab, dann stieg er von der Trittleiter. „Fertig. Die Käuzchen werden sich freuen." Dann wurde er ernst. „Erik, das solltest du wissen: Hier auf dem Land, da haben wir ein weites Herz, was Mann und Frau angeht. Du verstehst, da muss nicht gleich ein Priester kommen. Aber eines muss dir klar sein." Petter hielt Tarnus die Astschere, die er in der Hand hielt, vor die Augen. „Siehst du das hier? Was ist das?"

„Na, eine Astschere", antwortete Tarnus. Er verstand nicht. „Das ist eine Astschere", wiederholte Petter. „Und eines sage ich dir: Wenn du meine Hiltrud unglücklich machst, ich kann auch noch ganz gut mit Hacke und Grabschaufel umgehen." Tarnus stutzte. Dann sprach er weiter: „Mensch, Petter, jeder weiß doch, was für eine prachte Deern deine Tochter ist und dass man solche Frauen nicht von den Bäumen schüttelt. Und ich weiß im Augenblick noch gar nicht, wie mir geschieht. Ich kann es noch gar nicht glauben. Petter", Tarnus machte eine Pause, „wenn ich wieder in Hamburg bin, dann gehe ich zu St.

Marien und zünde eine richtig dicke Kerze an. Ich weiß nicht, ob ich das überhaupt verdient habe."

„Dann ist es ja in Ordnung." Petter schlug Tarnus auf die Schulter und es schien so, als ob seine Augen tränten. „Bist ein guter Junge. Hast wahrscheinlich auch schon viel erlebt in deinem Leben."

Tarnus nickte mehrmals. „Kann man wohl sagen."

Petter wurde sachlich. „Also, ich mache jetzt noch die Kopfweiden entlang des Weges und dann gehe ich zu den Obstbäumen."

„Was willst du da machen?"

„Die Kirschen, die Äpfel, die Birnen, die Pflaumen zurückschneiden. Das ist wichtig. Dann kann man sie ohne Leiter abernten. Das geht schneller und die Leute hier schaffen das neben der Feldarbeit."

„Genau das wollte ich mit dir besprechen", sagte Tarnus. Meinst du nicht, dass wir weniger Äpfel haben sollten und mehr Kirschen oder Pflaumen? Die bringen wesentlich mehr ein."

Petter nahm die Trittleiter auf. „Ich bin Bauer. Sonst habe ich nichts gelernt. Und ich bin ganz froh, dass ich nicht mehr die Verantwortung für diesen Hof habe. Weißt du: Baumschnitt kann ich, Kohl kann ich, Pastinaken ebenso. Aber Buchhaltung und Lieferwege, das ist nichts für mich. Und wenn dann noch andere Neuerungen dazukommen, dann merke ich, dass ich im Kopf allmählich müde werde."

„So habe ich es nicht gemeint." Tarnus war ob der Wendung des Gespräches betroffen. „Ich meine nur, dass wir mit weniger Arbeit etwas mehr verdienen könnten. Außerdem kennst du dich mit Obstbäumen doch besser aus als ich. Also sag, was ist besser, Kirsche oder Pflaume?"

„Erik, du wirst recht haben." Petter wiegte seinen Kopf hin und her. „Da haben wir nicht wenige alte Apfelbäume, die sehr wenig tragen. Ich denke, die sollten wir nach und nach ersetzen."

„Durch Kirsche oder durch Pflaume?", fragte Tarnus zurück.

„Weiß ich auch nicht."

„Was isst Hiltrud denn lieber, Kirsche oder Pflaume?"

„Kirsche liebt sie, Pflaume auf keinen Fall."

„Dann ist ja alles klar." Tarnus klopfte Petter auf die Schulter. „Pflanz Kirsche." Dann fügte er hinzu: „Und vergiss das Essen nicht."

„Was gibt es denn", fragte Petter.

„Wie ich gehört habe, Kapaun mit schwarzer Soße und Pastinaken. Vielleicht liegt es daran, dass heute Sonntag ist und vielleicht Gilg kommt."

„Ein Festmahl." Doch dann schüttelte Petter den Kopf. „Das hat sie schon ganz lange nicht mehr zubereitet." Er nahm die Trittleiter fester. „Erik, das macht sie für dich, hast du darüber schon einmal nachgedacht?"

In Gedanken ging Tarnus zum Gutshaus zurück. Das Gespräch mit Petter ging ihm noch durch den Kopf. Doch dann riss er sich aus seinen Gedanken. Auf diesem Gut war für einen Verwalter viel zu tun. Da ging es nicht nur um den Anbau von Kohl oder Pastinaken, Getreide und Obst, nein, auch Lieferwege mussten immer neu justiert werden. Produzierte man das Saatgut selbst oder kaufte man es ein? Wie verkaufte man die Ware? Führte man Gespräche mit möglichen Abnehmern – dafür musste man natürlich Preisnachlässe gewähren – oder vermarktete man selbst? Alles musste austariert sein. Hatte man ein Produkt übergewichtet, dann konnte es gefährlich werden: Hier drohte die Beerenfäule, dort der Schwamm. Am besten war es, nicht alle Eier in einen Korb zu legen. Aber das konnte Mehraufwand bedeuten.

Tarnus ging die Stufen im Gutshof hoch. Die alten Dielen knarrten beträchtlich. Hier müsste man auch mal nachbessern. Besser noch wäre eine neue Treppe, aber die würde einiges kosten. Tarnus betrat die Stube. Hier hatte er auf einem großen Tisch Unterlagen abgelegt, die er durchsehen musste. Da gab es noch Forderungen, die er beitreiben musste, da gab es noch Verhandlungen, die geführt werden mussten. Ein Brauhaus nahe Elmshorn war knapp an Gerste und hatte angefragt, ob man denn nicht aushelfen könnte. Tarnus zog einen Stuhl heran und setzte sich an den Tisch. Das hatte er deutlich gespürt: Der alte Petter hatte damit gar nichts am Hut. Vielleicht kultivierte er seine Tüddeligkeit ja auch nur oder schob sie vor, um dieser Arbeit zu entrinnen. Und er, Tarnus? Er hatte das Amt, welches er jetzt bekleidete, ja auch nur auf Zeit übernommen. Doch jetzt hatte er keine Zeit dafür, sich mit Einzelheiten abzugeben. Ihm war ein Gedanke gekommen. Tarnus nahm die Feder, tauchte sie in das Tintenfass und begann zu schreiben.

Schritte waren zu hören, eilig und fest. Die alten Dielen knarrten noch mehr als gewöhnlich. Es klopfte an der Tür, doch dann wurde sie schon geöffnet: Gilg stand in der Tür, einen großen Krug mit Bier in der Hand. „Da bist du ja, Erik", sagte er. „Man sagte mir, dass du hier arbeitest."

„Tag, Gilg", antwortete Tarnus. „Es stimmt, ich arbeite gerade in der Stube. Aber setz dich erst einmal und trinke dein Bier, du siehst erhitzt aus.

„Ja, das stimmt." Gilg setzte sich auf einen Stuhl und stellte seinen Krug auf den Tisch. Dann nahm er ihn wieder und trank einen weiteren Schluck. „Was war das für eine Fahrt, was war das für ein Ritt! Mit dem Ewer bei steifer Brise bis an die Mündung der Krocker Aue und dann zu Pferd bis hierhin. Ich bin beim ersten Hahnenschrei los und jetzt bin ich schon hier."

„Jetzt dampf erst mal ab", sprach Tarnus. „Und vor allem eins: Stell deinen Krug nicht auf meinen Aufzeichnungen ab. Das gibt nämlich Ränder."

„Verzeihung." Gilg nahm seinen Krug auf, dann leerte er ihn in einem Zuge. „Wichtige Aufzeichnungen?"

„Sehr wichtige. Aber jetzt erzähl erst mal von Hamburg."

„Spann mich nicht auf die Folter", erwiderte Gilg.

„Erst Hamburg, dann Elmshorn."

„Wie du meinst." Gilg lehnte sich in seinem Stuhl zurück. Dann setzte er sich wieder auf. „Meinst du, es ist schicklich, einen weiteren Krug Bier zu holen? Du weißt, ich habe hier einen Ruf als Gutsbesitzer zu verlieren:"

„Zur Not kann ich ja einen Krug für mich holen." Tarnus stand auf.

Die Treppe herunter, dann in die Küche. Tarnus öffnete die Tür. Hiltrud stand am Herd, jetzt aber war sie allein. Sie wandte den Kopf leicht in seine Richtung. „Na, Erik, willst du nach dem Kapaun sehen? Den gibt es aber erst heute Abend."

„Eigentlich wollte ich einen Krug Bier holen. Aber ich finde es sehr schön, dich hier allein anzutreffen." Tarnus strich ihr über die Schulter.

„Warum die Schulter?" Hiltrud küsste Tarnus.

Tarnus erwiderte den Kuss so intensiv er konnte. Dann löste sich Hiltrud von ihm, ging zum Küchentisch und goss Bier aus einer großen Kanne in einen Krug. „Hier hast du etwas, um dich zu stärken."

„Der Krug ist eigentlich für Gilg. Er fand es unschicklich, gleich nach dem ersten Krug für einen zweiten zu kommen."

„Unschicklich." Hiltrud schüttelte den Kopf. „So etwas aus dem Mund eines Mannes, der eine zwielichtige Schänke betreibt, in der dazu noch Huren ein- und ausgehen." Hiltrud sah Tarnus an. „Natürlich waren wir alle froh, dass sich nach dem Tod des alten Willemsen so schnell ein Käufer für den Hof hat finden lassen, aber als wir von dem Beruf des Käufers hörten, da haben wir erst mal geschluckt." Hiltrud machte eine Pause. „Du siehst, so ganz bin ich mit diesem Gilg noch nicht warm geworden."

„Das scheint mir auch so", meinte Tarnus. „Aber Gilg ist in Ordnung. Sonst hätte ich diesen Auftrag auch nicht angenommen. Er hat Seiten, die man nicht erwarten würde. Und für eines bin ich ihm unendlich dankbar."

„Und das wäre?"

„Ohne Gilg hätten wir uns nicht kennengelernt."

„Das stimmt allerdings!" Hiltrud lachte. Dann gab sie sich resolut: „So, jetzt werde ich den Kapaun wenden und du gehst in die Besprechung zurück. Aber eines noch: Du wirst Gilg nicht ständig bedienen, hörst du, Roberecht Erik Tarnus?"

„Versprochen." Tarnus nahm den Krug und verließ die Küche.

„So, Gilg, hier ist dein Bier. Aber teil es dir ein, ich will nicht ständig in die Küche rennen." Tarnus stellte den Krug vor Gilg auf den Tisch. Dann nahm er ein Tuch, strich es glatt und legte es unter den Krug. „Falls du plemperst."

Gilg grinste: „Habe schon verstanden." Dann fuhr er fort: „Ich habe deine Aufzeichnungen gelesen, wirklich großartig. Du meinst also Folgendes: Man sollte sich auf etwa zehn Bereiche konzentrieren, aber nicht mehr. Also einige Obstsorten, ein paar Getreidearten wie Hafer und Gerste, Gemüse wie Pastinaken, Kohl und Gartenfrüchte. Wenn Hühner, dann keine Milchwirtschaft."

„Richtig", sagte Tarnus, „aber es ist auch wichtig, dass einzelne Bereiche nicht dominieren. Ob Gerste den zehnten Teil des Ertrages ausmacht oder etwas mehr, das ist eigentlich egal, aber wir dürfen nicht von einem einzelnen Bereich abhängig sein."

Gilg trank einen Schluck Bier. „Ein winziger Schluck nur. Damit ich später nicht vom Pferd falle." Er lachte.

„Wann willst du zurück?", fragte Tarnus.

„Noch vor dem Abendessen. Die Luft ist sternenklar. Ein scharfer Ritt über Elmshorn zur Mündung der Krocker Aue und dann auf dem Ewer zurück. Heute Nacht werden wir Westwind haben. Ich denke, Frietz wird noch vor Morgengrauen in Hamburg anlanden. Und ich kann auf der Bootsfahrt noch ein wenig pennen."

„Eines sollte ich noch ergänzen", warf Tarnus ein: „Das, was ich aufgeschrieben habe, gilt für die Waren, mit denen wir Handel treiben wollen. Wir müssen natürlich darauf achten, dass wir Selbstversorger bleiben: Der Hof muss die Leute, die hier leben und arbeiten, ernähren. Also genug Hühner für die Eier, Ziegen und Kühe für die Milch, Schweine, die wir mit Abfällen füttern können, Kaninchen, die Löwenzahn fressen. Also Wirtschaftswaren und Selbstversorgung trennen."

„Großartig." Gilg war begeistert. „Sag mal, Erik, woher hast du das eigentlich alles?"

„Ich hatte gute Lehrmeister", antwortete Tarnus. Er musste an Hannes den Bader denken. In manchen Dingen hatte der ihn gelehrt, wie man in größeren Zusammenhängen dachte.

„Kann ich deine Aufzeichnungen mitnehmen?" fragte Gilg.

„Die mit dem Bierkringel drauf, die kannst du gerne mitnehmen. Das, was nicht draufsteht – kannst du dir das merken?" Tarnus grinste.

„Bis zur Mündung der Krocker Aue vielleicht." Gilg grinste zurück.

„Dann ist ja alles klar." Tarnus setzte sich auf. „Und jetzt erzähle von Hamburg."

„Was dich betrifft?"

„Natürlich auch", antwortete Tarnus. „Oder gibt es sonst etwas Neues?"

„Eigentlich nicht." Gilg wiegte seinen Kopf hin und her. „Also, der Reeperdaddel steht noch."

„Das ist dein Schankhaus. Und was ist mit meinem Laden?"

„Der steht auch noch. Wiebke geht regelmäßig dahin und verkauft die Anziehsachen. Und ihr Mann, der Geerd, hilft ihr dabei. An seinem Schiff, der Gelben Drohne, wird noch gearbeitet. Woran genau, weiß ich nicht mehr. Irgendetwas am Kiel oder der Takelage wird verbessert, damit das Schiff noch manövrierfähiger wird. Geerd räuchert die Waren. Und das Kind der beiden gedeiht prächtig."

„Schön", sagte Tarnus. Er musste an Wiebke denken und das Abenteuer, das noch gar nicht so lange zurücklag.

„Eines dürfte ich dir eigentlich noch gar nicht sagen. Das wollte Wiebke dir selbst sagen."

„Schon vergessen." Tarnus klopfte sich auf die Stirn. „Mein Gedächtnis …"

„Wiebke ist jetzt Hausbesitzerin."

„Was?" Tarnus war erstaunt.

„Ja, die alte Frau, bei der sie wohnte, ist verstorben."

„Die alte Frau Ellmann?"

„Den Namen habe ich mir nicht gemerkt, aber die wird es wohl gewesen sein. Sie hatte keine direkten oder entfernten Erben und hat ihr gesamtes Hab und Gut – und das Haus noch dazu – deiner Wiebke vermacht." Gilg legte den Finger vor den Mund. „Aber psst."

„Wiebke als Hausbesitzerin, wie schön." Tarnus lächelte versonnen.

„Und stell dir vor!" Gilg wurde eifrig. „Du hast doch mal meine Gertrud im Reeperdaddel kennengelernt?"

„Stimmt. Deine Deern, dein Ziehkind, das du in Obhut hast. Ich meine mich zu erinnern, dass sie mir mal Hering und eingelegte Eier serviert hat."

„Genau. Und Gertrud wollte ich nicht allein im Reeperdaddel lassen. Da hat sich deine Wiebke erboten, sie so lange, wie ich weg bin, zu beherbergen."

„Anständig", sagte Tarnus. „Und wer führt deinen Laden?"

„Das macht der Endres eigentlich. Den kennst du ja auch. Aber die Kasse hat ein Verwandter von mir. Eigentlich wollte ich ja den Geerd fragen. Aber als ich meinen Wunsch, meine Bitte, vorgetragen hatte, ob Geerd im Reeperdaddel aushelfen könnte, das hat sich deine Wiebke, ihr Kind an der Brust, ganz stramm aufgerichtet und ihre Wangen haben geglüht: ‚Nein, in einem Hurenhaus wird mein Geerd nicht arbeiten.' Deine Wiebke, die aussieht wie ein Engel, ganz resolut." Gilg lachte.

Es klopfte kurz an der Tür und Hiltrud kam herein mit zwei gefüllten Bierkrügen. Einen stellte sie vor Tarnus, einen vor Gilg. „So, noch einen Krug für jeden." Dann sah sie Gilg an. „Du wolltest nicht zum Abendessen bleiben. Bleibt es dabei?" Gilg nickte. „Ich schwinge mich aufs Pferd, sobald wir alles besprochen haben." Gilg machte eine Pause. „Entschuldigung. Ich sollte besser sagen, vielen Dank für die Einladung."

„Kein Problem." Hiltrud sah zu Tarnus. „In einer halben Stunde gibt es den Kapaun. Willst du mir beim Zerteilen helfen?"

„Gleich." Tarnus trank einen Schluck. „Ich bin in einer Viertelstunde unten. Reicht das?"

„Das hängt von deiner Geschicklichkeit ab." Hiltrud lachte und verließ den Raum.

„So ganz haben wir uns noch nicht aneinander gewöhnt", bemerkte Gilg. „Aber es kommt mir so vor, Erik, als hättest du eine Eroberung gemacht – so wie sie dich ansieht."

Tarnus winkte ab. „Keine Eroberung. Nenne es besser eine glückliche Fügung – gottlob auch durch dein Zutun."

14

„Dich muss es ja richtig erwischt haben. Und ich habe dazu beigetragen." Gilg lachte. Dann fuhr er fort: „Aber mit Gott habe ich es nicht so. Meine Gertrud geht ja in die Kirche, aber ich …" Gilg schüttelte seinen Kopf. „Aber wenn du es so siehst, bemerkenswert, auf alle Fälle Glückwunsch." Dann, nach einer kleinen Pause: „So etwas habe ich bisher noch nicht hingekriegt." Dann wurde er wieder eifrig. „Erik, ich sehe ja, dass du dich hier wohlfühlst. Sag, könntest du noch einige Zeit hier deine Arbeit machen als Verwalter, vielleicht auch ein bisschen länger? Ich meine, am Lohn sollte es nicht scheitern."

„Es ist nicht der Lohn." Tarnus nahm einen Schluck Bier. „Du weißt, ich habe einen Laden auf dem Kattrepel. Und ich schlage mich mit Gelegenheitsarbeiten durch. Aber was ich nie aufgeben werde, das ist meine Freiheit."

„Habe ich mir schon gedacht." Gilg leerte seinen Krug. „Aber ein bisschen geht doch schon noch?"

„Ein bisschen schon." Tarnus trank noch einen Schluck Bier. „Aber eine Woche Hamburg ist für mich nötig. Mal nach dem Rechten sehen."

„Und wer soll das Gut so lange bewirtschaften?", fragte Gilg.

„Petter soll es eigentlich nicht machen", antwortete Tarnus. „Aber Hiltrud kann das übernehmen."

„Eine Frau als Verwalterin?", fragte Gilg.

„Wer als junge Witwe zwei Kinder aufziehen und sich durchs Leben schlagen kann, der wird auch dein pisseliges Gut bewirtschaften können." Tarnus lachte und schlug Gilg auf die Schulter. „Aber vielleicht fährt Hiltrud auch mit nach Hamburg und Petter macht das für eine Woche. Das müsste er eigentlich noch hinbekommen."

„Gut." Gilg wollte gehen. „Eines war noch. Das hätte ich fast vergessen. Der reiche Handelsherr Carl von Bensheim hat nach dir geschickt. Das sollte ich von Wiebke ausrichten."

„Gut zu wissen."

Gilg stand auf. „Jetzt geht es nach Hamburg. Das Pferd ist schnell und trittsicher. Den halben Weg kann ich noch in der Dämmerung hinter mich bringen, den Rest halt im Dunkeln. Aber dann werde ich mich auf dem Ewer hinhauen, eine Decke über mich ziehen und eine Mütze Schlaf zu mir nehmen."

„Das solltest du dir verdient haben", sagte Tarnus. „Und Frietz bringt dich sicher nach Hamburg. So, und raus mit dir, auch wenn dir das Gut gehört. Ich muss runter und Hiltrud beim Kapaun helfen."

„Grüß Hiltrud", rief Gilg, als er die Treppe herunterlief.

„Mach ich", rief Tarnus. Dann hörte er Pferdegetrappel und ging in die Küche.

II

Tarnus saß in der guten Stube von Bensheim und wartete auf den Hausherrn. Eine Magd hatte ihm einen Krug mit frisch gezapftem Bier hingestellt. Tarnus probierte. Wie immer, es war frisches Exportbier der allerbesten Qualität. Das musste man Carl von Bensheim lassen: Er setzte seinen Gästen nur erlesene Getränke vor, sei es beim Bier, sei es beim Met. Tarnus musste an seinen letzten Besuch bei Bensheim denken – wie lange war das schon her? –, da hatte Bensheim ihm von seinem guten alten Met angeboten und darauf geachtet, dass dieser alte Met in hohe Gläser geschenkt wurde und nicht in kleine Schenkgläser wie der gewöhnliche Tischmet. Die Tür öffnete sich und Bensheim trat ein, wie gewöhnlich der etwas bäuchige, joviale und rotwangige Herr, wobei sich hinter dieser Fassade aber auch der durchsetzungsstarke und ideenreiche Handelsherr und der einflussreiche Rats- und Gerichtsherr verbarg.

„Tarnus, da seid ihr ja." Bensheim streckte Tarnus die Hand hin und Tarnus ergriff sie. „Setzt euch doch wieder."

Tarnus, der bei Bensheims Eintreten aufgestanden war, setzte sich. Er wies auf den Krug mit dem Bier. „Wie immer, allerbeste Qualität." Dann fuhr er fort: „Ihr habt nach mir schicken lassen?"

„Genau, so war es. Aber warten wir einen Augenblick. Meine Magd wird uns beiden gleich ein Glas meines allerbesten Mets bringen."

„Aber ich habe doch schon von eurem vortrefflichen Bier kosten dürfen", wandte Tarnus ein.

Es klopfte an der Tür und eine Magd trat ein, in der Hand ein Tablett mit zwei hohen Gläsern. „Hier ist der Met."

„Dann serviere ihn uns", sagte Bensheim.

Die Magd stellte ein Glas vor Bensheim und eines vor Tarnus.

„Was sagt man dazu?", fragte Bensheim.

„Wohl bekomm's", antwortete die Magd und knickste.

„Sehr gut", lobte Bensheim.

Nachdem die Magd die gute Stube verlassen hatte, hob Bensheim sein Glas und trank einen Schluck. „Köstlich, dieser alte Met."

Tarnus trank gleichfalls einen Schluck. „Da kann ich nur zustimmen, Herr von Bensheim."

„Wie geht es euch, Tarnus?", fragte Bensheim unvermittelt.

„Mir geht es gut", sagte Tarnus. „Ich kann wieder in meinem Laden arbeiten und Aufträge annehmen."

„Ist das wirklich wahr?" Bensheim trank noch einen Schluck Met.

„Wirklich wahr", betonte Tarnus.

„Versteht mich bitte nicht falsch", sagte Bensheim. „Ihr wisst, es war mein Auftrag, durch den es zu diesem feigen Mordversuch an euch und der lebensgefährlichen Verletzung gekommen ist. Und da stehe ich in der Verantwortung."

„Aber Herr von Bensheim", wandte Tarnus ein, „ihr seid doch schon für die Kosten des Krankenlagers bei Hannes dem Bader aufgekommen und habt mir außerdem meinen Lohn gegeben."

„Das ist nur recht und billig." Bensheim trank sein Glas leer und klatschte in die Hände. Dieselbe Magd wie soeben trat ein. „Für mich noch ein Glas Met", orderte Bensheim. Dann streckte er die Hände in Tarnus' Richtung: „Tarnus?"

Tarnus winkte ab. „Danke, ich bleibe jetzt beim Bier."

Die Magd brachte nach kurzer Zeit ein hohes Glas, gefüllt mit Met. Nachdem sie das Zimmer wieder verlassen hatte, suchte Bensheim in der Tasche seines Hauskittels und zog ein kleines Säckchen hervor und legte es vor Tarnus. „Ich habe mir überlegt, dass ich euch, Tarnus, noch den Verdienstausfall schulde."

„Das kann ich nicht annehmen."

„Ihr müsst", gab Bensheim zurück. „Es ist mir wichtig. Ich stehe in eurer Schuld."

„Ihr seid sehr großzügig, Herr von Bensheim." Tarnus nahm das Säckchen und steckte es ein. Dass es Bensheim vom Geldpunkt her besser ging als ihm, war klar, aber Bensheim hatte diesen Sachverhalt taktvollerweise nicht in Worte gefasst. Tarnus begann aufzustehen.

„Bleibt noch sitzen", gebot Bensheim. „Jetzt möchte ich ganz ehrlich wissen, was für Schäden ihr noch zu beklagen habt."

„Ganz einfach", sagte Tarnus. „Ich habe eine Narbe am Kopf, ab und zu ziehe ich das Bein noch nach und ab und zu habe ich Alpträume. Aber das wird schon wieder, meint Hannes der Bader."

„Ja", sagte Bensheim knapp und seine Wangen füllten sich mehr als sonst mit Röte. „Was für ein feiger Mordversuch", wiederholte er. „Nun", er fasste sich. „Ich habe noch einen Auftrag für euch."

„Da bin ich aber gespannt", antwortete Tarnus. Er wollte nicht sagen, dass er im Augenblick eigentlich keine Aufträge annehmen konnte.

„Seht ihr", fuhr Bensheim fort. „Mir ist zu Ohren gekommen, dass ihr für das Badehaus des Hannes Badetücher bestickt habt."

„Es war eigentlich Wiebke, meine Magd."

„Sicher", Bensheim winkte ab, „aber unter eurem Namen. Nun, ich fand diese Stickerei wirklich gelungen, allerbeste Arbeit und alles zur Ehre unserer Hansestadt, unserer Heimatstadt Hamburg. Und da habe ich mir gedacht, dass man auch die Kittel unserer Amtsdiener mit solch einem Wappen versehen könnte. Nun, wie das so bei Behörden ist: Unsere Amtsdiener gliedern sich in zwei Korporationen. Da gibt es zum einen die Gerichtsdiener und zum anderen die Diener des Hohen Rates. Aus bestimmten Gründen, die ich hier nicht näher erläutern möchte, sind die Wappen zunächst einmal für die Kleidung der Gerichtsdiener vorgesehen. Sagt, Tarnus, wollt ihr diesen Auftrag annehmen?"

„Mit Freude", antwortete Tarnus. Er schätzte den Auftrag auf zunächst 20 Wappen.

„Für eine angemessene Entlohnung werde ich mich natürlich stark machen." Bensheim leerte sein Glas.

„Das weiß ich doch, Herr von Bensheim." Tarnus trank einen Schluck Bier. „Am besten wäre es dann wohl, wenn meine Magd Wiebke Zug um Zug arbeiten würde. Also einige Kittel holen, sie besticken, zurückbringen und dabei die nächsten holen. Dann könnte in einer Woche alles fertig sein."

„Sehr gut", bestätigte Bensheim.

Tarnus erhob sich. „Dann danke ich euch für die Zeit, die ihr mir geschenkt habt."

„Keine Ursache." Bensheim winkte ab. „Ich überlege gerade, ob ich noch ein Glas Met zu mir nehmen oder an die Akten gehen soll. Ich glaube, ich werde beides tun." Er stand gleichfalls auf. „Eine letzte Frage. Was meint ihr, sollte ich nicht auf einem meiner Hauskittel auch ein Wappen einsticken lassen? Hier zum Beispiel. Und in dieser Größe." Bensheim wies auf eine Stelle in Brusthöhe und zeigte die Spanne zwischen zwei Fingern.

Tarnus musste einen Moment nachdenken. Dann begann er: „Herr von Bensheim, ihr wollt meinen Rat. Ich würde euch vorschlagen: Lasst das Wappen höher einsticken, mehr zum Hals hin und wählt eine geringere Größe. Dann wird das Wappen genauso wirken, wie ihr es angedacht habt, als Bekenntnis zu eurer Heimatstadt. Es wird funkeln wie ein Ehrenzeichen. Aber es wird bescheiden wirken und nicht protzig. Das habt ihr nicht nötig, immerhin seid ihr nicht nur Handelsherr, sondern auch Mitglied des Hohen Rates und Gerichtsherr."

„Großartig, Tarnus", Bensheim klopfte Tarnus auf die Schulter, „und wirklich einfühlsam. Ich weiß, was ich an euch habe." „Überlegt es euch noch, dann ich werde einen Kittel von euch abholen, um ihn besticken zu lassen. Notfalls lässt sich ja auch noch etwas ändern." Tarnus verbeugte sich in Bensheims Richtung.

Als er auf die Reichenstraße hinaustrat, gingen Tarnus viele Gedanken durch den Kopf: War es wirklich Bensheims fürsorgerische Ader, die ihn so handeln ließ, oder nur Teil eines erworbenen Ehrenkodexes? War alles echt an Bensheim oder nur gespielt? Dann verwarf er den Gedanken. Das war dummes Zeug. Als das Gespräch auf seinen, Tarnus', Unfall gekommen war, hatte er echte Betroffenheit bei Bensheim verspürt. Doch was sollten solche Überlegungen? Er selbst musste sehen, dass er dieses Ereignis aus dem Kopf bekam, sich aber auch um das Tagesgeschäft kümmern. Tarnus musste an Hiltrud denken, an ihre Grübchen und ihre Zärtlichkeit, aber auch an ihr geradliniges Wesen. Als er sie gefragt hatte, ob sie mit ihm für eine Woche nach Hamburg gehen könnte, hatte sie abgelehnt. „Ich komme vom Land, da tut man sich immer schwer in einer großen Stadt. Und wenn ich dann die Aussicht habe, auf dem Kattrepel übernachten zu müssen, so ist das gewöhnungsbedürftig. So weit bin ich noch nicht." Tarnus riss sich aus diesen Gedanken. Er sollte besser aufpassen, fast wäre er in einen Ochsenkarren hineingerannt, welcher, mit Bierfässern beladen, in die Reichenstraße einbog.

Tarnus lenkte seine Schritte zu Hannes' Badehaus. Dort begann man sich für die Mittagsstunde zu rüsten. Tarnus trat ein – alles war ihm wohlbekannt, so auch die Bank am großen Tisch, der das Zentrum der großen Stube ausmachte. Aber da gab es noch eine Stube, in der er nach seinem Unfall gepflegt worden war, eine Stube mit einem blütenbemalten Lehnstuhl. In dieser hatte ihn Hannes völlig selbstlos untergebracht – so lange, bis Tarnus wieder auf seinen eigenen Beinen stehen konnte.

Tarnus wischte diese Gedanken beiseite. Jetzt ging es erst einmal um eine Rasur und eine kurze, aber herzliche Plauderei mit Hannes. Eine Magd, zwei große Teller in der Hand, trat zu Tarnus. „Meister Tarnus, da seid ihr ja wieder. Ein Haarschnitt, eine Rasur? So seht ihr mir aus. Das dürfte allerdings heute schwierig werden. Mal sehen, was ich machen kann."

„Danke", antwortete Tarnus. „Aber ich bleibe erst einmal im Flur stehen, bis das geklärt ist. Und, bitte, kein Bier. Das Bier bei Hannes ist wirklich gut, aber im Augenblick mir zu viel."

„Wie ihr meint." Die Magd ließ Tarnus im Flur stehen und trug die Teller in die große Stube. Tarnus nahm Bratenduft wahr und überlegte sich, was er zum Mittagessen zu sich nehmen sollte. Doch da kam die Magd schon zurück. „Meister Hannes wird gleich zu euch kommen. Aber nur für ein kurzes Wort. Wenn ihr wollt, kann euch unser neuer Gehilfe Bart und Haare scheren."

„Ein neuer Gehilfe", staunte Tarnus. „Das ist aber neu."

Die Magd schüttelte den Kopf. „Das ist schon einige Monde so. Aber ihr wart wohl nicht in der Stadt. Taavi ist ein Verwandter unseres Meisters. Er kommt auch aus Pernau irgendwo dahinten im Baltischen." Die Magd holte weit aus mit ihrem Arm. „Er kann mit dem Rasiermesser und der Schere sehr gut umgehen. Und er ist sehr nett." Die Magd seufzte. „Wenn er sich nur ein wenig besser auf die Sprache hier in unserer Stadt verstehen würde."

Tarnus lächelte. „Dann lehre sie ihn doch. Sprich mit ihm."

„Wie ihr meint." Die Magd zog ab.

Ein junger Mann trat auf Tarnus zu, ein Rasiermesser, eine Schale und Tücher auf einem Tablett in der Hand. „Bitte kommen", sagte er mit einem fremdländischen Akzent.

„Ja, natürlich." Tarnus folgte dem jungen Mann in eine Stube, die er noch nicht kannte. Ein kleiner Stuhl, ein Spiegel an der Wand, kein Badezuber, aber ein kleiner Schreibtisch in einer Ecke des Raums, auf dem einige Papiere lagen.

„Setzt euch." Taavi wies auf einen Stuhl. „Kopfhaare und Bart?"

„Genau so", antwortete Tarnus. Er musste plötzlich an Hiltrud denken. Sie fehlte ihm. Dieser Taavi würde jetzt in seinem Gesicht und auf seinem Kopf herumarbeiten und er würde, wenn es gelang, weiter an Hiltrud denken. Er schloss die Augen.

„Fertig", erklang die fremdländische Stimme.

Tarnus schreckte auf. Er musste wohl eingenickt sein. Er öffnete die Augen und bemerkte, dass Taavi sein Gesicht mit einem Tuch abwischte. Da öffnete sich die Tür zur Kammer und Hannes der Bader trat ein. Mit einem kurzen Blick inspizierte er Tarnus' Gesicht. „Gute Arbeit." Dann schlug er Tarnus auf die Schulter. „Schön, dich mal wieder zu sehen."

„Geht mit auch so, Hannes", antwortet Tarnus.

Hannes wandte sich an Taavi. „Und jetzt zur Frau Nathusius, Haare einflechten. Sie wartet schon."

„Mach ich, John." Taavi nahm sein Tablett und verließ den Raum."

„Du schaust so befremdet, Tarnus. Ist es wegen des Namens John?"

Tarnus nickte.

„Hannes, Johannes, John. Immer derselbe. John ist mein Name in der Sprache meiner Heimat."

„Gut zu wissen. Aber wie geht es dir? Ich nehme mal an, viel Arbeit. Und du wirst jetzt keine Zeit haben, um zu schnacken."

„Viel Arbeit ist immer gut fürs Geschäft." Hannes lachte. „Und für dich habe ich immer ein paar Minuten. Aber was du unbedingt wissen musst – du warst ja einige Monde weg – ich bin wieder Vater geworden."

„Glückwunsch", meinte Tarnus, „ganz herzlichen Glückwunsch. Du siehst aus wie ein stolzer Vater."

„Bin ich auch." Hannes strahlte. „Unser drittes Kind und unser erstes Mädchen."

„Eine Gefahr sehe ich." Tarnus schmunzelte. „Wie ich dich so kenne, wird dieses Mädchen eines der am meisten verwöhnten Kinder von ganz Hamburg werden."

„Da könntest du recht haben." Hannes lachte. „Sie heißt übrigens Kaia."

„Kaia, ein seltener Name", entfuhr es Tarnus. Dann fügte er hinzu: „Aber ein schöner. Sicherlich einer aus deiner Heimat." Er wollte Hannes nicht kränken.

„Meine Frau wollte es so, obwohl sie aus Hamburg stammt. Den schönsten Frauennamen aus meiner Heimat für dieses Mädchen." Hannes schluckte. „So, jetzt weißt du alles Wesentliche aus meinem Hause. Und ich muss los. Doch da fällt mir noch etwas ein. Das sollte ich dir noch sagen, obwohl ich nichts Genaues weiß: Irgendetwas ist los im Hause Bensheim. Ich meine, zwischen den Vettern Carl und Eike von Bensheim. Natürlich sind die beiden sich nicht grün. Das weiß man schon. Aber jetzt scheint sich etwas zusammenzubrauen. Ich kann dir, wie schon gesagt, keine Einzelheiten sagen, es ist hier und da ein Nebensatz, den ich aufgefangen habe. Aber es scheint sich wohl um einen fundamentalen Disput zu handeln. Ich werde dich auf dem Laufenden halten, immerhin hast du ja mit Carl von Bensheim zu tun."

„Von dem komme ich gerade", sagte Tarnus. „Aber da ging es um etwas ganz anderes. Aber jetzt lauf los, du hast genug Arbeit."

„Mach ich." Hannes wandte sich zur Tür. „Bleibst du in Hamburg?"

„Nur ein paar Tage, dann muss ich wieder aufs Land."

„Wie lange?"

„Weiß ich noch nicht. Aber in jedem Fall nur vorübergehend." Doch da schloss sich die Tür zu der Stube schon. Tarnus ging zur Tür. Vorübergehend aufs Land, das war sicherlich geplant. Aber die Sache mit Hiltrud, die sollte nicht nur vorübergehend oder ab und zu sein, die sollte dauerhaft sein. Das wäre schön. Doch da würde sich schon ein Weg finden lassen.

III

Unter der alten Stadtmauer. So hieß die Straße, in der Wiebke jetzt wohnte. Wiebke, die Hausbesitzerin, wie Tarnus erfahren hatte. Tarnus gönnte Wiebke diesen Status von ganzem Herzen. So etwas hatte er ihr, nachdem er sie als Findelkind zu sich genommen hatte, nicht bieten können. Ein Laden auf dem Kattrepel mit gebrauchten Anziehsachen, ab und zu Geld aus seiner Arbeit als Späher, das brachte nicht viel. Gut, es reichte, um über die Runden zu kommen, aber Seide spann man nicht damit. Und auch ab und zu hatte Ebbe in der Kasse geherrscht, aber Wiebke hatte sich nie beklagt. Tarnus lenkte seine Schritte in die Straße, in der Wiebke wohnte. Ein kleiner Schnack mit Wiebke, vielleicht auch noch mit Geerd, ihrem Mann, wenn er da war, das Kind, den kleinen Geerd, in den Arm nehmen – Tarnus freute sich darauf. Er ging weiter, doch dann kam er zu einer kleinen Brücke, die über ein Fleet führte. Tarnus blieb stehen. Hier war es geschehen! Hier hatte ihn dieser mordlustige Gaukler überfallen, der Gaukler, der ihm mit seiner Kraft und seiner Behändigkeit weit überlegen gewesen war. Und er, Tarnus, hatte keine Chance gehabt. Er erschauderte, blieb stehen und fasste unwillkürlich an seine Narbe am Kopf. Er musste diese Angelegenheit unbedingt aus dem Kopf bekommen.

Tarnus ging weiter. Er verspürte Hunger. Er überlegte: Das Frühstück hatte er ausfallen lassen, bei Bensheim hatte er einen Krug Bier getrunken und jetzt war es Mittag. Bei Wiebke, die ein Kind an der Brust trug, um eine Mahlzeit zu bitten, kam nicht in Frage. Aber wenn sie ihm etwas anbieten würde? Nun, am besten einen kleinen Umweg machen, in einer Garküche eine Kleinigkeit zu sich nehmen, das wäre auf keinen Fall verkehrt. Kabeljau oder Lachs? Das käme auf den Preis an.

Gut gestärkt mit einem großen Stück Kabeljau, das er günstig erwerben konnte, klopfte Tarnus an die Tür von Wiebkes Haus. Es dauerte eine Weile, dann wurde ihm geöffnet. Geerd stand in der Tür. „Meister Tarnus, das ist ja eine Überraschung." Er streckte Tarnus die Hand hin.
„Meister Tarnus, ihr seid es", hörte Tarnus dann. Wiebke kam hinzu, ihren Sohn auf dem Arm. Tarnus sah ehrliche Freude in ihren Augen. Sie nahm das Kind und gab es Geerd. „Halt mal den Lütten." Und zu Tarnus: „Wie schön, euch wiederzusehen. Hier hat sich viel ereignet. Doch kommt erst mal rein." Wiebke ging ins Haus, Tarnus folgte ihr, dahinter Geerd, das Kind auf dem Arm. Wiebke war eifrig; „Das ist der Flur. Die Treppe führt nach oben. Da sind drei Kammern. Und hier unten ist eine Küche und da die gute Stube". Sie öffnete eine Tür und zeigte nicht ohne Stolz einen Raum, in dem Tisch, Stühle und eine Kinderwiege standen. „Setzen wir uns." Und zu Geerd: „Sag mal, ist noch Bier in der Kanne von gestern?"
„Klar", sagte Geerd. „Gestern habe ich die Kanne füllen lassen. Ich habe einen Krug daraus getrunken. Eine Kanne fasst vier Krüge, wenn sie gut geschenkt werden. Dann müssten noch drei Krüge übrig sein, vielleicht noch etwas mehr.
„Dann schenk doch bitte Meister Tarnus einen Krug ein."
„Mach ich gern." Geerd legte das schlafende Kind in der Kinderwiege ab. Er holte aus einem Regal zwei Krüge. „Für dich wahrscheinlich keinen Krug?", fragte Geerd in Wiebkes Richtung.
„Du weißt, ich habe ein Kind an der Brust", kam es zurück.
„Dann zwei Krüge", sagte Geerd, „den für Meister Tarnus gut geschenkt."

„Genau so", kam es von Wiebke. Sie stand auf und warf einen Blick in die Kinderwiege. „Der kleine Geerd schläft. Und nun, Meister Tarnus, zeige ich euch etwas." Sie wies auf eine Tür, die von der guten Stube abging, und öffnete diese. „Das, Meister Tarnus, könnte eure Kammer sein."

„Was?" Tarnus war erstaunt.

„Na, Wiebke meint, ihr habt so viel für sie getan, dass sie etwas zurückgeben müsste." Geerd kam mit zwei Krügen in der Hand aus der Küche zurück. Einen, den volleren, drückte er Tarnus in die Hand und trank selbst einen Schluck. „Wohl bekomm's."

„Wohl bekomm's", antwortete Tarnus und trank auch einen Schluck. „Aber so ganz verstehe ich das alles nicht."

„Meister", sagte Wiebke. „Ich habe das Haus von der alten Frau Ellmann geerbt. Sie hat mich bedacht, weil ich sie gepflegt habe, als sie krank war, ich mich um sie gekümmert habe und weil sie keine Verwandten hatte. Wir sind jetzt Hausbesitzer. Und da bietet es sich doch an, dass ihr hier ein Wohnrecht oder wenigstens eine Möglichkeit zum Wohnen bekommt. Ich meine, das bin ich euch doch schuldig."

„Worauf das Ganze hinausläuft", ergänzte Geerd. „Wiebke kann natürlich nicht weiter auf Länge auf dem Kattrepel arbeiten. Ich meine, mit einem Kind geht das nicht so ohne Weiteres. Und da haben wir uns gedacht, Meister, ihr könntet hier wohnen und euren Laden in diese Gegend verlegen. Ich habe mich erkundigt: In der Nähe hier gibt es einen Laden zu mieten, in dem man auch ein paar Ladentische aufstellen und einen Räucherofen aufbauen könnte."

„Na, erst einmal herzlichen Glückwunsch", sagte Tarnus, hob seinen Krug und trank einen Schluck daraus. Er wollte Zeit gewinnen. Einerseits war ihm die Angelegenheit peinlich, andererseits erschien ihm eine solche Wohnsituation zu eng für ihn. „Das ist ja wirklich schön für euch drei", bekam er mit gepresster Stimme heraus, „das mit dem Haus." Doch dann legte er seinen Arm um Wiebkes Schulter. „Ich finde das Angebot ganz großartig von euch. Aber stellt euch mal vor, der Klapperstorch bringt irgendwann einmal noch so einen lütten Schiemannsmaat oder eine prachte Deern, die Wiebke heißt. Dann könnte es hier zu eng werden. Aber Geerd, sag mal, wäre denn in dem Laden, von dem du gesprochen hast, eine Kammer vorhanden?"

„Klar", sagte Geerd, „ich glaube, sogar zwei. Und einen Räucherofen umzusetzen, ist kein Problem. Ich habe noch Freunde unter den Schauerleuten. „Außerdem", Geerd winkte ab, „ist der Ofen auf dem Kattrepel kein Ofen, sondern ein Öfchen."

„Wir könnten es ja so machen", meinte Tarnus. „Ich sehe mal zu, ob ich meinen Laden in diese Gegend hier verlege und da auch wohne. Aber für den Fall, dass ich krank werde oder mir etwas passiert, würde ich gern auf euer Angebot zurückkommen. Wäre das in Ordnung für euch?"

„Vielleicht habt ihr recht", sagte Wiebke. Dann röteten sich ihre Wangen. „Noch so ein lütter Schiemannsmaat oder eine prachte Deern, habt ihr gefragt. Nun, ich glaube nicht, dass unser kleiner Geerd allein aufwachsen wird."

„Wohl wahr", brummte Geerd. Er stieß seinen Krug gegen den von Tarnus. „Auf Wiebke."

„Auf Wiebke", wiederholte Tarnus. „Also, die Kammer solltet ihr vielleicht doch freihalten", ergänzte er. „Wenn ihr mal in Not seid und einer muss auf die Kinder aufpassen, dann brauche ich natürlich auch eine Unterkunft."

„Ach Meister." Wiebke umarmte Tarnus und gab ihm einen Kuss auf die Wange. „Ihr habt so ein gutes Herz."

Tarnus löste sich von Wiebke. „Genug geredet. Kommen wir zum Geschäft. Wiebke, Bensheim will auf die Kittel seiner Gerichtsdiener dieselben Wappen einsticken lassen, die du für

Hannes' Badetücher gemacht hast. Und außerdem will er für sich auf einen seiner Kittel auch so ein Wappen haben. Ich habe ihm gesagt, für ihn wäre ein kleines Wappen besser, welches ein wenig höher angebracht wird, also da, wo man seine Orden und Ehrenzeichen tragen könnte."

„Also hier so etwa und dann von dieser Größe?", fragte Wiebke und zeigte auf Tarnus' Jacke.

„Ja, in etwa so. Aber Wiebke, du hast ein gutes Auge. Du wirst das schon hinbekommen."

„Klar", sagte Wiebke.

Sie besprachen noch die Einzelheiten, dann verabschiedete sich Tarnus und ging zum Kattrepel zurück. Er musste an Hiltrud denken. Eigentlich ein schönes Gefühl, wenn er sie jetzt vermisste.

Tarnus erwachte. Er musste sich kurz orientieren, wo er jetzt war. Richtig: Er lag in seiner Kammer in seinem Laden auf dem Kattrepel und sah zur Decke. Träume hatten ihn gequält, aber konkret konnte er sich an nichts erinnern. Nun, er musste langsam lernen, damit umzugehen. Das Säckchen von Bensheim fiel ihm ein, er hatte es bei Bensheim irgendwo in einer Tasche seiner Kleidung verstaut. Tarnus stand auf und schlurfte zu seinen Sachen, die er auf einem Stuhl ausgebreitet hatte. Er fühlte und zog aus einer Tasche das Säckchen hervor. Er öffnete es – es lagen 20 Silberlinge darin. Das war mehr als großzügig von Bensheim gewesen. Entgangener Lohn oder Verdienstausfall, wo sonst wurde so etwas entschädigt? Bei einem Handwerker, dem ein Auftrag durch die Lappen gegangen war? Bei einem Seemann, dessen Schiff nicht in See stechen konnte? Bei einem Gastwirt, dem eine Festerei abgesagt worden war? Nein, Bensheims Handlungsweise war etwas Besonderes. Doch wie sollte er mit dem Geld verfahren?

Bisher hatte die gemeinsame Arbeit Wiebke und ihn ernährt und sie hatten alles geteilt, ohne jemals ein Wort darüber zu verlieren. Doch jetzt war alles anders geworden: Wiebke war jetzt Hausbesitzerin und ihr Geerd war immerhin Schiemannsmaat, sozusagen der Herr über alles laufende Gut auf der Gelben Drohne. Und damit war er in einer Position, die gut dotiert war. Auch ohne Hausbesitz zählte man als Schiemannsmaat schon zu den besser gestellten Lohnempfängern. Alles Finanzielle wollte für die Zukunft gut überlegt sein und niemand sollte übervorteilt werden. Mit ein wenig Wehmut dachte Tarnus daran, wie es wäre, wenn er seinen Laden vom Kattrepel weg in die Nähe von Wiebkes Haus verlegte. Immerhin hatte dieser Laden ihn und Wiebke bisher so einigermaßen ernährt und so etwas wie eine Art Heimat dargestellt. Und würden seine Kunden ihm so einfach vom Kattrepel zur Straße an der alten Stadtmauer folgen und würden sie ihn dort überhaupt finden? Tarnus verzichtete darauf, in der Küche ein Feuer zu entfachen, um auf seinem Herd ein heißes Getränk zu bereiten. Er zog sich an. Ein Spaziergang, auch wenn es einer auf dem Kattrepel war, würde ihm guttun. Genau das war es, was ihn von Bensheim und Hannes dem Bader unterschied: Die dachten in großen Zusammenhängen. So weit hatte er es noch nicht gebracht. Und dazu noch: Hiltrud, wenn sie denn einmal nach Hamburg käme, sollte eine Bleibe vorfinden, die ihrer angemessen wäre. Tarnus zog die Schuhe an. Zunächst zu Wiebke, um zu fragen, wann sie die Wappen für Bensheim eingestickt hätte? Nein. Besser vorher ein kurzer Weg zu Gilg, um ihn zu fragen, wann der Ewer wieder in Richtung Elmshorn führe. Genau so. Und erst dann zu Wiebke, um darüber hinaus zu fragen, wo denn der Laden läge, von dem Geerd gesprochen hatte, ob er schon frei wäre und was er an Miete kosten würde. Tarnus verließ seinen Laden und ging hinaus in die klare Luft des Morgens.

IV

„Das sieht wirklich gut aus." Bensheim sah sich den Kittel an, den Tarnus vorbeigebracht hatte. Er zog aus einer Tasche eine Brille mit einem Eisengestell heraus und setzte sie sich vorsichtig auf die Nase. „Eine Brille, die Augen lassen nach", fügte er entschuldigend hinzu.

„Eurem Scharfsinn tut das keinen Abbruch", sprach Tarnus.

Bensheim ging nicht darauf ein. „Wirklich eine gute Arbeit, erstklassig. Nein, wie die Details gearbeitet sind, das ist meisterlich. Und wie das Wappen angebracht ist – Tarnus, ihr habt wirklich einen guten Geschmack. Klein, scheinbar unauffällig und doch ein Blickfang. Bitte entschuldigt, Tarnus, ich habe euch noch nichts zu trinken angeboten."

„Ich sagte eurer Magd schon, dass ich nur den Kittel abgeben wollte, aber sie bat mich zu ihnen in die gute Stube. Ich weiß doch, wie sehr ihr beschäftigt seid."

Es klopfte an der Tür, dann wurde sie geöffnet. Ein jüngerer Mann trat ein. „Oh, Verzeihung, ich hatte nicht erwartet, dass du Besuch hast."

„Kein Problem", sagte Bensheim. „Darf ich dir übrigens Roberecht Erik Tarnus vorstellen. Tarnus hat mir schon bei so manchem Problem diskret zur Seite gestanden."

„Sehr erfreut", sagte der Mann und streckte Tarnus die Hand hin.

Tarnus ergriff die Hand und wiederholte: „Sehr erfreut."

„Dieser Herr, den ihr noch nicht kennt, ist ein Verwandter von mir. Ich bin sein Oheim. Hubertus van Boeningen kommt aus Brügge." Bensheim steckte die Brille in eine Kitteltasche. Er zeigte auf die Stickerei auf dem mitgebrachten Kittel. „Was hältst du davon, ist das nicht allerfeinste Arbeit?"

Hubertus begutachtete Wiebkes Arbeit. „Durchaus. Kompliment. Genauso fein arbeitet meine Ehefrau an ihren Tischdecken und Tüchern. Sagt, Herr Tarnus, habt ihr ein Geschäft für dergleichen?"

„Ja, Stickereien führen wir auch aus, aber ansonsten handle ich mit Anziehsachen", gab Tarnus zurück.

„Sagt, Herr Tarnus, wo finde ich euer Geschäft? Vielleicht komme ich bei euch vorbei, um nach einem neuen Gewand für meine Ehefrau zu sehen."

Tarnus wiegte seinen Kopf. „Ich fürchte, ich muss euch enttäuschen. Eigentlich handle ich nur mit gebrauchten Anziehsachen. Und was den Standort meines Ladens angeht: Ich bin auf dem Kattrepel zu finden."

„Kattrepel?" Van Boeningen stutzte. „Oheim, ist das nicht …?"

„Ja, Hubertus, so ist es", unterbrach Bensheim.

„Nun, ich werde mich jetzt zurückziehen, um Dokumente durchzusehen. Ich komme dann später wieder." Van Boeningen überspielte seine Überraschung und verbeugte sich kurz in Bensheims Richtung: „Oheim", dann in Tarnus' Richtung: „Herr Tarnus."

„Lass dir von dem alten Met bringen. Wenn du von ihm gekostet hast, wirst du begeistert sein."

„Werde ich machen." Van Boeningen wandte sich zur Tür.

„Nun setzt euch doch, Tarnus." Bensheim zeigte auf einen Stuhl. „Hubertus van Boeningen, ein Verwandter von mir aus Brügge, wie ich schon sagte." Er schwieg für einen kurzen Moment, dann fuhr er fort: „Ein prächtiger junger Mann, tatkräftig und mit Weitblick ausgestattet. Tarnus, ich sage es euch im Vertrauen, wenngleich es ein offenes Geheimnis ist, dass ich schon länger über eine Nachfolgeregelung nachdenke. Nun, ich bin verwitwet und meine Ehe ist kinderlos geblieben. Direkte Erben habe ich nicht. Im Falle meines Ablebens wäre mein Vetter Eike der Alleinerbe. Es versteht sich von selbst, dass ich das zu verhindern gedenke, so, wie wir zueinander stehen. Es kommt mir wie ein Geschenk vor, dass Hubertus hier aufgetaucht ist. Er stammt aus einem hochangesehenen Geschlecht, welches in Brügge beheimatet ist. Die Sporen als Handelsherr muss er sich wohl noch verdienen, aber das kann man ja lernen, meint ihr nicht, Tarnus?"

„Durchaus", antwortete Tarnus. „Wie habt ihr euren Verwandten kennengelernt und wie steht ihr verwandtschaftlich zu ihm?"

„Ich wusste um verwandtschaftliche Beziehungen nach Brügge und habe Nachforschungen angestellt. So erfuhr ich, dass Hubertus ein entfernter Verwandter von mir ist. Und dann habe ich es arrangiert, dass er im Rahmen einer Handelsfahrt persönlich nach Hamburg kommen sollte."

„Es ist immer richtig, sein Haus zu bestellen", sagte Tarnus, „und wie ich euch kenne, Herr von Bensheim, bin ich davon überzeugt, dass ihr diese Angelegenheit mit Weitblick und Weisheit zu einem guten Ende bringen werdet. Ich erinnere mich eines Falles, da saßet ihr als Vorsitzender über einen Bigamisten zu Gericht und habt den Fall so entschieden, dass der Betreffende nicht als Meineidiger verurteilt wurde, sondern zur Fürsorgepflicht innerhalb einer morganatischen Ehe."

„Das habt ihr noch im Kopf?", staunte Bensheim. Dann wurde er eifrig. „Seht ihr, wenn ich Hubertus an Kindes statt annehmen würde, dann würde man von einer ‚adoptio' sprechen. Nun, bereits Kaiser Justinian hat zwischen einer ‚adoptio plena' und einer ‚adoptio minus plena' gesprochen."

„Ich fürchte, ich verstehe nicht", sagte Tarnus.

„Seht ihr, Tarnus", antwortete Bensheim. „Bei der großen adoptio wird die Person aus dem Familienverbund herausgelöst, während sie bei der kleinen Lösung in ihrem ursprünglichen Familienverband verbleibt. Hubertus könnte also bei der letztgenannten Lösung mein Erbberechtigter werden und trotzdem in seiner ursprünglichen Familie verbleiben."

„Das hört sich sehr fundiert an", meinte Tarnus. „Ich bin davon überzeugt, dass ihr die richtige Entscheidung treffen werdet." Er erhob sich. „Und nun möchte ich eure knapp bemessene Zeit nicht länger in Anspruch nehmen."

„Ihr seid immer herzlich willkommen", entgegnete Bensheim. „Und eure Arbeit gefällt mir sehr gut." Er hob eine Hand. „Ihr werdet natürlich erwidern, dass eure Magd Wiebke die Arbeit gemacht hat, bescheiden, wie ihr seid."

„Ich danke euch, Herr von Bensheim." Tarnus verbeugte sich und ging zur Tür.

Tarnus verließ Bensheims Haus, trat auf die Reichenstraße hinaus und blieb stehen. Wohin jetzt? Zum Kattrepel oder noch kurz zu Hannes' Badehaus? Da hörte er Stimmen durch die Fenster der guten Stube. „Sagt, Oheim, warum verkehrt ihr mit einem Mann, der mit gebrauchten Kleidern handelt und dazu noch seinen Laden in dieser verrufenen Gegend führt?"

„Hubertus, Tarnus ist ein wirklich redlicher Mann. Das Schicksal hat es nicht immer gut mit ihm gemeint, aber ich mag ihn. Außerdem hat er mir immer wieder treue Dienste geleistet mit der gebotenen Diskretion."

„Aber Oheim", hörte Tarnus noch, dann wurden die Stimmen leiser und das Gehen einer Tür war zu hören. Tarnus setzt sich in Marsch. Er musste unbedingt mit Hannes sprechen.

Tarnus hatte Glück. Meister Hannes hätte ein paar Minuten für ihn Zeit, sagte die Magd, die Tarnus schon kannte. Ein Getränk lehnte er – wie schon zuvor bei Bensheim – ab. Nachdem er für kurze Zeit in einer Stube gesessen hatte, welche die Magd ihm gewiesen hatte, kam Hannes. „Tarnus, was gibt es?" Er schlug Tarnus auf die Schulter.

„Hannes", erwiderte Tarnus. „ganz kurz. Auf die Gefahr hin, dass ich Geheimnisverrat begehe: Ich kann dir sagen, dass Bensheim seine Erbfolge regeln will und sich mit dem Gedanken trägt, einen entfernten Verwandten aus Brügge zu adoptieren."

„Sieh an." Hannes lachte. „Tarnus, du begehst keinen Verrat oder wahrst die Diskretion nicht. Dasselbe, was du wahrscheinlich aus Bensheims Mund gehört hast, ist mir gestern zugetragen worden. So ist es immer: Man holt sich Rechtsrat ein, man bespricht sich – und irgendeiner quatscht."

„Hannes der Bader ist immer gut informiert."

Hannes hob seine Hände. „Das muss ich auch sein. Aber davon vielleicht ein anderes Mal. Aber erzähle erst selbst. Hast du diesen Hubertus kennengelernt? Er soll jetzt in Hamburg sein."

„Ich habe ihn kurz gesehen. Er sah das Wappen, welches Wiebke in einen Kittel von Bensheim eingestickt hatte, und fand es gut. Dann wollte er mich in meinem Laden besuchen und sagte, er wolle ein Kleid für seine Ehefrau kaufen."

Hannes lachte herzhaft. Dann hielt er an sich. „Entschuldige bitte. Aber du musstest ihn wohl enttäuschen?"

„Ja natürlich. Aber als ich das Haus verließ, hörte ich, wie er Bensheim Vorwürfe machte, dass er mit mir Umgang pflegt, einem Händler von gebrauchten Textilien, der auf dem Kattrepel lebt."

„Das muss noch gar nichts heißen", antwortete Hannes. „In Brügge, wo er herkommt, sind die Unterschiede zwischen den einzelnen Schichten viel größer als hier. Aber sag mal, was ist dieser Hubertus denn für ein Mensch?"

„Ich denke", begann Tarnus, „er ist glatt und wendig. Er weiß sein Wort zu machen. Nach außen hat er keine Ecken und Kanten."

„Hm", brummte Hannes. „Dazu kann man noch gar nichts sagen. Da muss man wohl die Entwicklung abwarten. Aber

Eike von Bensheim wird wohl vor Wut zerspringen, wenn er dieser Nachrichten gewahr wird. Und das wird er ganz sicher."

„Sag mal, Hannes, warum ist das alles so wichtig für dich?"

„Tarnus, ganz kurz nur, die Kundschaft wartet. Da gibt es zwei Gründe. Der erste liegt in meiner Herkunft begründet: Ich bin als ein Nichts hierhin, nach Hamburg gekommen und habe es zu einem ganz guten Wohlstand gebracht. Aber ich gehöre nicht in den Kreis der Eliten. Ich bin ein baltischer Bader und das bleibe ich auch. Einmal falsch zur Ader zu lassen, einmal bei einer Geburt zu versagen, das kann für mich das Aus bedeuten, zumindest aber große Unannehmlichkeiten. Und da ist es wichtig, Fürsprecher oder Gönner zu haben und über diese Bescheid zu wissen. Der zweite Grund ist, dass ich wissen muss, wie sinngemäß die Wasserstände der Elbe sind. Geht es Hamburg gut, geht es mir gut, geht es Hamburg schlecht, geht es mir schlecht."

„Aber was hat das mit Bensheim zu tun?", wollte Tarnus wissen.

„Mensch, Tarnus, denk doch mal nach!" Hannes wurde ernst. „Carl und Eike von Bensheim sind doch Platzhirsche hier in Hamburg. Wenn Carl von Bensheim seine Fühler nach Brügge ausstreckt, dann greift er doch in ein austariertes Gefüge ein. Sicher, die Hanse unterhält schon ein Kontor in Brügge, aber was wird Bremen dazu sagen, wenn Hamburg verstärkt nach Brügge geht? Was wird Lübeck dazu sagen, welches mit Hamburg eng liiert ist? Ostseehandel, also ein Schwerpunkt des Hanse-Handels, gegen Nordsee. Wie wird Eike von Bensheim reagieren?"

Tarnus stand auf. „Hannes, ich habe deine Zeit überstrapaziert. Wir halten uns gegenseitig auf dem Laufenden. Aber du hast mir eine Lehrstunde in Sachen Weitsicht erteilt. Vielen Dank."

„Komm vorbei, wenn etwas ist." Hannes schlug Tarnus zum Abschied auf die Schulter. „Und stell dein Licht nicht immer unter den Scheffel, das hast du nicht nötig."

Tarnus ging Richtung Kattrepel. Der Kopf brummte ihm. Kein Wunder, die Begegnungen mit Bensheim und Hannes dem Bader waren inhaltsschwer gewesen. Ihm war jetzt nur noch nach Ruhe. Eine kleine Stunde, um wieder herunterzukommen, dazu einen oder vielleicht zwei Krüge Bier mit ihrer beruhigenden Wirkung. Er überlegte, wie er an das Bier kommen könnte. Für einen Besuch in Gilgs Reeperdaddel war er zu gut gekleidet. Außerdem war es ihm da im Augenblick zu laut. Von seiner Kleidung her wäre er besser in Dörte Hendriksens Brauhaus aufgehoben, doch auch da herrschte die übliche Schankhausatmosphäre. Am besten zu seinem Laden gehen, eine Kanne holen, diese kurz im hendriksenschen Schankhaus füllen lassen, um deren Inhalt dann in seinem Laden zu genießen. Tarnus ging bis zu seinem Laden. Dann stutzte er. Durch die Scheiben war Licht zu sehen. Mit einem bangen Gefühl näherte sich Tarnus der Ladentür. Er klopfte an und riss gleichzeitig die Tür auf. „Wer da?"
„Ich bin es." Ganz ruhig saß Hiltrud auf einem Stuhl vor Tarnus' kleinem Sekretär.
„Hiltrud, was machst du denn hier?"
„Ich wollte mal sehen, wie du in Hamburg wohnst."
„Hiltrud, ich dachte, du wolltest nicht zum Kattrepel kommen, weil er ein so verrufener Ort ist."
„Ich habe mir gedacht, dass ich in meinem Alter, dazu noch als Magd gekleidet, keine Begehrlichkeiten mehr wecken würde." Hiltrud stand von ihrem Stuhl auf. Sie küsste Tarnus. „Frietz hat mich heute Morgen von der Mündung der Krocker Aue auf dem Ewer bis nach Hamburg gebracht. Er wusste ja, dass du auf dem Kattrepel wohnst, und konnte mir beschreiben, wo dein

Laden liegt. Aber um hier hereinzukommen, musste ich mich durchfragen. Schließlich kam ich zu deinem Vermieter, dem alten Hein. Der hat mir dann die Ersatzschlüssel ausgehändigt, als ich ihm bedeutete, ich wäre die neue Magd."

„Hiltrud, das tust du alles für mich?" Tarnus küsste Hiltrud.

„Für wen denn sonst?" Hiltrud ging in die Küche und kam mit einem Krug Bier zurück. „Ich war im Brauhaus von Dörte Hendriksen und habe die Kanne, die ich in der Küche gefunden habe, mit Bier füllen lassen. Ich dachte mir, dass du nach einem arbeitsreichen Tag versuchen würdest, etwas zu entspannen."

„Das hatte ich in der Tat vor", sagte Tarnus und strich Hiltrud durch die Haare. „Aber was du gerade von den Begehrlichkeiten gesagt hast, da kenne ich eine Ausnahme."

„Das merke ich", gab Hiltrud lachend zurück. „Aber wenn du schon dabei bist, meine Haare in Unordnung zu bringen, setze doch bitte vorher den Bierkrug ab."

V

„Ach Erik", sagte Hiltrud mit leiser Stimme und schmiegte sich an Tarnus. „Jetzt kennen wir uns schon mehr als vier Monde."

„Ich kann es immer noch nicht fassen." Tarnus legte seinen Arm um Hiltrud. „Stell dir mal vor, Gilg hätte keinen Verwalter für seinen Gutshof gesucht. Nicht auszudenken."

„Hat er aber", meinte Hiltrud. „Und außerdem gibt es immer Fügungen."

„Da wirst du recht haben. Irgendwie hätten wir uns auch unter anderen Umständen kennengelernt, da bin ich mir ganz sicher."

„Ganz sicher", sagte Hiltrud und küsste Tarnus. „Ich finde es auch schön, dass wir eine so lange Zeit zusammen auf dem Gutshof verbringen konnten."

„Richtig. Und die eine Woche, die ich jetzt in Hamburg verbracht habe, hast du mir abgekürzt, als du vorgestern hier erschienen bist. Ich bin froh darüber. Weißt du, Hiltrud ..."

„Ja, was willst du sagen?"

„Es ist einfach so, dass ich schon nach ganz kurzer Zeit anfange, dich zu vermissen."

„Das geht mir auch so." Hiltrud schmiegte sich fester an Tarnus. Dann, nach einer Weile: „Meinst du, Gilg findet eine Lösung für die Verwalterarbeit auf dem Hof?"

„Ich weiß es nicht. Immer, wenn ich ihn darauf anspreche, windet er sich wie ein Wurm."

„Er hat einfach keinen, der so gut ist wie du." Hiltrud gab ein leises Lachen von sich.

„Das wird es sein", antwortete Tarnus. „Aber eines kann ich dir versichern: Verwalter hin oder her und wie es mit mir weitergeht: Ich werde alles unternehmen, dass wir weiter zusammenleben können, möglichst jeden Tag, du verstehst. Ich möchte morgens mit dir zusammen aufwachen und abends mit dir einschlafen – und ich werde alles dafür tun." Doch dann bemerkte Tarnus Hiltruds gleichmäßige Atemzüge. Er fühlte seinen Kopf auf dem Lager und starrte in die Dunkelheit, bis er selbst eingeschlafen war.

Laute Schläge an der Tür weckten Tarnus. Er schreckte auf und setzt sich auf dem Lager auf.

„Erik, was ist?", fragte Hiltrud schlaftrunken.

„Jemand bollert an die Tür", antwortete Tarnus. „Ich gehe mal nachsehen."

„Pass auf dich auf. Warte, ich komme mit. Ich werfe mir nur kurz etwas über."

„Die Tür ist abgeriegelt", sagte Tarnus, „Ich dachte erst, wir hätten den Zeitpunkt verpasst. Aber mit Frietz waren wir erst für acht Uhr verabredet."

„Wie spät ist es jetzt?"

„Es dämmert gerade, ich denke, es ist zwischen fünf und sechs Uhr." Tarnus ging zur Haustür, öffnete sie aber nicht. „Wer ist da?", fragte er durch die geschlossene Tür.

„Mein Prinzipal schickt mich. Es ist dringend", hörte er.

„Kommt zum Fenster und zeigt euch. Dann können wir alles regeln." Tarnus trat zum Fenster und sah hinaus. Ein Mann in der Kleidung eines Schreibers stand davor. Tarnus schloss die Haustür auf und öffnete diese. „Kommt herein. Wartet bitte einen Moment hier im Laden, ich muss mich ankleiden. Sagt, wer ist euer Prinzipal und was macht es so dringend?"

„Mein Prinzipal ist der Herr von Bensheim", sagte der Mann, der wie ein Schreiber mit dunklen Sachen und einem breitkrempigen Hut ausgestattet war. Aber anders als seine Berufsgenossen trug er diese Kleidung mit einem gewissen Selbstbewusstsein. „Von Bensheim", wiederholte er, „Eike von Bensheim."

„Dann wohl eher die guten Sachen und einen Hut. Einen Moment." Tarnus wandte sich zum Ankleiden. Doch dann fiel ihm etwas ein. „Ihr wisst, dass ich auch schon Aufträge von Carl von Bensheim entgegengenommen habe?"

„Um den geht es ja. Nun eilt euch schon, das ist hier keine Modenschau."

Tarnus zog sich eilig an. Ein kurzes Wort zu Hiltrud. „Ich muss hier in Hamburg bleiben. Es ist wichtig. Schließ ab. Den Ersatzschlüssel hast du ja. Um acht Uhr geht der Ewer. Sobald ich mich freimachen kann, komme ich zum Gutshof."

„Oder ich komme nach Hamburg. Im Augenblick lehre ich eines der Mädchen, wie man Pastinaken mit Schweinebacken bereitet und Gerstenbrei mit Apfelmus. Sie kann für mich einspringen." Hiltrud wischte sich eine Träne aus dem Auge und gab Tarnus einen Kuss. „Pass auf dich auf."

„Darauf kannst du dich verlassen." Tarnus folgte dem Schreiber.

Eike von Bensheim stand an seinem Schreibpult, als Tarnus von dem Schreiber in das Kontor geführt wurde. „Da seid ihr ja."

„Ja, da bin ich, Roberecht Erik Tarnus", gab Tarnus zurück. „Euer Schreiber hat mich gebracht und ich bin ihm gefolgt, weil er es dringend gemacht hat."

„Sehr dringend." Eike von Bensheim hatte nichts von dem Aussehen seines Vetters. Er musste früher hochgewachsen gewesen sein, doch sein Rückgrat war nach vorne gebeugt, sein Gesicht war zerfurcht und zu den hohlen Wangen kam ein nicht mehr zeitgemäßes Haarkleid: Oben auf dem Haupt eine Glatze freilassend, fielen die Haare über die Ohren und weit in den Nacken. „Setzt euch." Er wies auf einen Stuhl, der vor seinem Schreibpult stand. „Ich werde stehen bleiben."

„Herr von Bensheim, was für ein Anliegen habt ihr?" Tarnus ging zu dem Stuhl und blieb zunächst neben diesem stehen.

„Mein Vetter ist nicht erreichbar", sagte Eike von Bensheim. „Ich dringe nicht zu ihm durch. Ich müsste mich möglichst bald mit ihm austauschen."

„Aber solche Familienangelegenheiten sind doch kein Grund, um nach mir zu schicken, indem ich zu nachtschlafender Zeit aus dem Bett getrommelt werde", erwiderte Tarnus. Es war nicht der Inhalt von Bensheims Worten, die ihn zu seiner Antwort veranlassten, es war die abgehackte, fordernde Art, in der Eike von Bensheim sprach. Und es kam noch etwas anderes hinzu: Tarnus war ärgerlich darüber, wie so plötzlich sein zärtliches Beisammensein mit Hiltrud gestört worden war. Und er war ärgerlich darüber, dass man, wollte man in Hamburg überhaupt noch ein Bein auf den Boden bekommen, auf den Ruf oder Befehl eines solchen Menschen wie Eike von Bensheim einfach hören oder gehorchen musste.

„Nun setzt euch schon", mischte sich der Schreiber ein. „Mein Prinzipal pflegt früh aufzustehen, auch wenn es schon vor dem ersten Hahnenschrei geschieht. Und dass er in Sorge ist um seinen Vetter, das werdet ihr ihm sicherlich nachsehen."

„Danke." Tarnus setzte sich.

„Danke, Justus", ließ sich jetzt Eike von Bensheim vernehmen. Tarnus stutzte. Das klang ein wenig weicher als das vorhin Gehörte. Sein Ärger begann zu verrauchen, aber er konnte sich seine Frage nicht verkneifen: „Wie seid ihr auf mich gekommen, auf mich, einen besseren Lumpenhändler, der zudem seinem Handwerk auf dem Kattrepel nachkommt?"

„Wir wussten, dass ihr Späherdienste leistet", ließ sich der Schreiber vernehmen. „Und bei Hannes dem Bader haben wir den Standort eures Ladens erfragen können."

Tarnus stutzte erneut. Wenn Hannes seine Adresse herausgegeben hatte, dann schien es auch ihm wichtig zu sein. „Und ihr wisst auch, dass ich schon für Carl von Bensheim gearbeitet habe?"

„Was ist daran so wichtig?", fragte jetzt Eike von Bensheim. „Als Späher geht es darum, die Wahrheit herauszufinden, egal, wer der Auftraggeber ist. Und ich versichere euch, ich will nichts gegen meinen Vetter unternehmen. Ihr wechselt also nicht die Seiten, sondern ermittelt unabhängig vom Auftraggeber." Eike von Bensheim machte eine Pause. „Euren Worten habe ich entnommen, dass ihr davon wisst, dass wir, mein Vetter und ich, nicht immer einer Meinung sind. Aber wir sind Familie, mit allem, was dazugehört."

„Gut, das weiß ich. Und ich weiß auch – die Spatzen pfeifen es ja von den Dächern – dass euer Vetter sich mit dem Gedanken trägt …" Tarnus machte eine Pause. Er hatte sich möglicherweise zu weit aus dem Fenster gelehnt.

„Ihr meint, dass Carl von Bensheim seine Erbfolge regeln will?", fiel Eike von Bensheim ein. „Mit diesem Gedanken trägt er sich seit Jahren. Mir ist es aktuell wichtig, mit meinem Vetter zu sprechen, aber ich kann ihn nicht erreichen. Er ist einfach weg."

„Ich werde sehen, was ich tun kann." Tarnus stand auf. Das Ganze war ihm unbehaglich. „Was konkret soll ich tun?"

„Na, ermitteln!" Eike von Bensheim wurde laut. „Mein Vetter ist nicht erreichbar, der Handelsherr Carl von Bensheim, der Gerichtsherr Carl von Bensheim, das Mitglied des Hohen Rates, Carl von Bensheim – und da ziert ihr euch noch? Was muss denn noch alles passieren, dass ihr euch bereit erklärt? Seid ihr nicht auch in Hamburg ansässig?"

„Ich verstehe", sagte Tarnus. Er sah Nervosität in Bensheims Augen. „Ich werde dann", begann er, „alles daransetzen, den Verbleib von Carl von Bensheim zu ermitteln, und alles Weitere wird sich finden."

„Und bitte informiert mich umgehend und umfassend", sagte Eike von Bensheim. Es klang versöhnlich.

Tarnus ging auf diesen Ton ein. „Ich werde alles stehen und liegen lassen, um nach eurem Vetter zu suchen. Und wenn meine Worte gerade etwas zu harsch geraten sind, bitte ich um Entschuldigung. Aber mir brummt der Kopf. Ich kann mich vor Aufträgen nicht retten."

„Schon gut", winkte Eike von Bensheim ab. „Mir geht es auch nicht gut. Deswegen werde ich mich jetzt auch zurückziehen." Er löste sich von seinem Stehpult und ging gebeugt und langsam zur Tür.

„Mein Prinzipal trägt schwer an seinem Rückenleiden", meinte der Schreiber. „Er kann im Grunde nicht mehr sitzen."

„Das tut mir leid", murmelte Tarnus. „Dürft ihr darüber sprechen?"

„Nun", der Schreiber knetete seine Hände, „man sieht es ja auch. Seine Wirbelsäule biegt sich immer weiter nach vorn. Gleichzeitig mauert sie sich ein und ist nahezu unbeweglich. Was man nicht sieht, sind die Schmerzen, die damit verbunden sind. Jeder Schritt wird zur Qual. Das Sitzen, das Hinlegen und erst recht das Aufstehen können peinigend sein. Heute ist kein guter Tag für ihn. Das hat man an seinen Worten gemerkt."

„Stimmt", pflichtete Tarnus bei.

„Ihr habt ihm allerdings in nichts nachgestanden", bemerkte der Schreiber mit einem dünnen Lächeln. „Wer weiß, ich wäre wahrscheinlich auch übellaunig, wenn ich durch derbes Klopfen aus den Armen einer schönen Frau gerissen worden wäre." Sein Lächeln verstärkte sich, aber es war nicht unfreundlich.

„Als Buchhalter seid ihr es gewöhnt, genau hinzusehen", bemerkte Tarnus ausweichend.

„Ich bin nicht nur Buchhalter, ich bin sozusagen die rechte Hand meines Prinzipals, sagen wir es einmal hochtrabend, sein Finanzminister. Ich kümmere mich um Finanzierungen, die Ertragslage des Unternehmens und die ganze übrige

Geschäftstätigkeit. Das kann manchmal ganz schön herausfordernd sein. Aber eines muss man sagen: Mein Prinzipal schätzt meine Arbeit und lässt mich das auch wissen. Außerdem hat er keine Geheimnisse vor mir."

„Alle Achtung." Tarnus nickte anerkennend. „Doch sagt mir eines, warum hat Carl von Bensheim nichts von dem Leiden eures Prinzipals erzählt?"

„Wenn er, ich meine Eike von Bensheim, in eine Besprechung geht, steht er stets hinter seinem Stehpult. Und vorher stärkt er sich mit bestimmten Essenzen. Auch lässt er sich seinen Rücken mit manuellen Maßnahmen behandeln. In der Regel bemerkt man dann nur seine vorgebeugte Haltung. Doch Meister Tarnus, ihr habt zu tun. Ich möchte euch nicht aufhalten. Ich möchte nur noch den Geldpunkt regeln."

Tarnus war erstaunt über die gelassene, aber bestimmte Art seines Gesprächspartners. Hier saß er einem Mann gegenüber, der sich seines Wertes bewusst war. Er nannte eine angemessene, aber nicht niedrige Summe. „Das ist mein Tagessatz."

„Für einen Lumpenhändler, der auf dem Kattrepel wohnt, wie ihr es gerade selbst gesagt habt, ist das ganz schön keck", merkte Justus der Schreiber an. „Aber ich sage euch dieses Geld zu. Ich werdet eure Qualitäten haben. Und mein Prinzipal wollte nur den Besten."

„Woher wollt ihr wissen, dass ich der Beste sein soll?"

„Auch ich habe Informationen eingeholt." Justus verbeugte sich gegen Tarnus und deutete an, dass das Gespräch beendet sei.

Nachdenklich war Tarnus auf die Straße getreten. Merkwürdig, Carl von Bensheim sollte verschwunden, zumindest nicht erreichbar sein. Das würde er sicherlich bald klären können. Vielleicht hatte sich Carl von Bensheim auch nur verleugnen lassen, um Erbschaftsgesprächen mit seinem Vetter zu entgehen. Bei aller Freundlichkeit und Jovialität des Carl von Bensheim und dem mitleiderregenden Rückenleiden seines Vetters – beide waren auch knallharte Geschäftsleute, sonst wären sie nicht so weit gekommen. Doch dann fragte sich Tarnus, warum er gerade in dem soeben beendeten Gespräch so in den Saft geraten war. Unhöflichkeiten und derartige Entgleisungen waren doch eigentlich seine Sache nicht. Hiltrud kam ihm in den Sinn. Da gab es eine schöne und wirklich liebenswerte Frau, die ihm, Tarnus, ja auch herzlich zugetan war, und er eierte immer noch herum mit Gedanken an seinen Laden auf dem Kattrepel und seinen Späherdiensten. Warum denn nicht einfach alles an den Nagel hängen und Gilgs Angebot als dauerhafter Verwalter auf dem Gutshof annehmen? Und wenn Hiltrud ans Ende der Welt ziehen wollte, dann alle Zelte wieder abbrechen und ihr folgen. Das war es! Er war ein Hasenfuß. Er musste entscheidungsfreudiger und mutiger werden.

Tarnus ging los. Carl von Bensheims Haus sollte das erste Ziel sein. Vielleicht danach noch zu Hannes' Badehaus. Tarnus rückte seinen Hut zurecht. Den würde er wahrscheinlich für die nächste Zeit öfter brauchen als zum Beispiel eine Gugel. Aber er konnte sich auch täuschen. Auf alle Fälle musste er seine Gedanken zusammenhalten. Carl von Bensheim – ein ganz wichtiger Mann in der Hansestadt Hamburg.

Tarnus begab sich in die Reichenstraße. Merkwürdig – Eike von Bensheims Haus stand nicht in der Reichenstraße. Es lag zwar nicht weit entfernt von dieser, doch in einer Gegend, die weniger Reputation genoss. Das musste noch keine Bedeutung haben, es konnte ganz einfache historische Gründe haben. Tarnus klopfte an Carl von Bensheims Haustür. Es dauerte länger als gewöhnlich. Dann öffnete sich die Tür. Die Magd, die Tarnus schon von früheren Besuchen bei Bensheim kannte, erschien. „Meister Tarnus, was möchtet ihr?"

„Wenn es geht, möchte ich Herrn von Bensheim sprechen, es ist nur ganz kurz."

„Das geht nicht. Mein Herr ist krank, er liegt zu Bett. Der Herr aus Brügge hat einen Medicus kommen lassen und der kümmert sich um ihn."

Tarnus überlegte eine List. „Darf ich denn kurz hereinkommen? Es ist nur eine Kleinigkeit. Dein Herr hatte sich einen Kittel besticken lassen …"

„Das stimmt", fiel die Magd ein. „Er hat Gefallen an ihm und trägt ihn sehr gerne."

„Genau darum geht es. Ich hatte ihm zugesagt, noch einen weiteren Kittel besticken zu lassen, und da wäre eine kurze Rücksprache notwendig."

„Dann kommt erst einmal herein und setzt euch in die gute Stube. Ich werde euch einen Krug mit Bier bringen und sehen, was ich für euch tun kann."

Tarnus ging in die gute Stube, setzte sich und bekam bald darauf von der Magd einen Bierkrug hingestellt. „Wohl bekomm's."

Tarnus dankte und trank einen ersten Schluck. „Wenn es gar nicht geht, bringe mir wenigstens einen Kittel deines Herrn. Dann nehme ich die neue Stickerei auf meine Kappe."

Die Magd verschwand. Nach geraumer Zeit kehrte sie zurück, einen Kittel über dem Arm. „Da ist gar nichts zu machen. Der Medicus hat absolutes Besuchsverbot erteilt", flüsterte sie.

„Ist dein Herr denn so schlecht zurecht?", fragte Tarnus leise.

„Ihm geht es nicht gut, aber er ist nicht hinfällig. Ihm behagt das Liegen nicht, aber er muss sich fügen."

„Was ist das denn für ein Medicus, der die Bettruhe angeordnet hat?"

„Unser Gast aus Brügge hat ihn eilends holen lassen. Und dieser Medicus hat dann als Erstes angeordnet, dass er den Harn unseres Herrn untersucht werden solle. Der Herr hat dann das Wasser in ein gläsernes Gefäß abschlagen müssen und dann …" Die Magd machte eine Pause.

„Und dann?", fragte Tarnus.

„Dann hat dieser Medicus seinen Finger in den Harn gesteckt und ihn abgeschleckt." Die Magd schüttelte sich. „Dann hat er gesagt, unser Herr gehöre zu einer Gruppe von Menschen, die im Risiko lebten. Und er befürchte eine Verschlimmerung der Krankheit. So genau habe ich nicht alles verstanden, aber in jedem Fall ist es folgendermaßen: Wenn unser Herr im Lehnstuhl sitzen möchte, schreitet der Medicus ein und untersagt das. Und dieser Herr aus Brügge unterstützt es. Jeden Tag muss die Kammer unseres Herrn gereinigt werden und es darf kein Staubkorn auf der Türklinke zu sehen sein. Na ja, ich bin nur eine Magd und muss nicht alles verstehen. Aber, wenn ihr mich fragt, dieser Medicus ist ein eitler Fatzke. Er trägt rote Pumphosen und dazu Schnabelschuhe. Und sein Umhang ist geschnitten wie der eines Priesters. Nur ist er mit Indigo eingefärbt."

„Und euer Gast aus Brügge?", fragte Tarnus.

Da wurde die Tür aufgerissen und Hubertus van Boeningen stürmte herein. „Grete, habe ich nicht gesagt, dass dein Herr keinen Besuch empfangen darf? Der Medicus befürchtet ansonsten eine Verschlimmerung."

„Ich hatte nur darum gebeten, mir einen Kittel von Herrn von Bensheim bringen zu lassen", griff Tarnus ein. „Er fand Gefallen an der letzten Stickerei – ihr habt sie ja auch gesehen – und für gut befunden."

„Und wenn es ein Vorwand war, sich hier ins Haus einzuschleichen? Darf ich fragen, was konkret ihr in diesen Kittel bei euch auf dem Kattrepel einsticken wolltet?" Es klang verächtlich.

„Die Gelbe Drohne", antwortete Tarnus spontan.

„Was für eine Gelbe Drohne?"

„Das beste Schiff aus der Flotte eures Oheims. Das wendigste, das hochseetauglichste und das Schiff, welches die Erfordernisse der Zukunft am besten meistern wird. Seht, das Abbild der Gelben Drohne in gelber Farbe eingestickt und der Hintergrund in der blauen Farbe des Meeres, das kündet von dem Flaggschiff der bensheimschen Flotte."

„Nun, dann nehmt den Kittel und leert euren Krug. Und dann möchte ich euch wirklich dringend bitten zu gehen. Hier im Hause muss absolute Ruhe herrschen."

Tarnus trank einen großen Schluck aus seinem Krug. Er stellte ihn auf dem Tisch ab. „Herr van Boeningen, ich werde jetzt den Kittel nehmen und gehen. Doch sagt mir bitte, was für einen Medicus ihr engagiert habt?"

„Ich habe einen absoluten Spezialisten geholt, einen Mann, der über alle Zweifel erhaben ist, und bin sehr, sehr froh, dass er frei war."

„Woher?", fragte Tarnus.

„Das tut nichts zur Sache."

„Aber hier in Hamburg gibt es doch auch Medici und Bader."

Van Boeningen schlug mit der Hand auf den Tisch. „Aber doch nicht für Carl von Bensheim, meinen Oheim."

Tarnus ergriff den Kittel. „Vielen Dank für die Zeit, die ihr mir geschenkt habt. Bitte sagt eurem Oheim die besten Genesungswünsche von mir. Den Weg nach draußen finde ich schon." Tarnus verließ Bensheims Haus auf der Reichenstraße.

„Sag mal, Hannes, wie denkst du darüber?" Tarnus saß Hannes gegenüber in einer Kammer von dessen Badehaus, einen Krug Bier vor sich. Er hatte ihm von seinem Besuch im bensheimschen Haus in der Reichenstraße erzählt.

Hannes wiegte seinen Kopf hin und her. „Auf den ersten Blick scheint die Sache sonnenklar: Man will Carl von Bensheim isolieren. Ob meine Sichtweise gerechtfertigt ist, bleibt offen. Weißt du, Tarnus, es gibt Medici, die glauben ernsthaft an den Unsinn, den sie ihren Patienten antun, wenn sie in jedem Stäubchen eine Gefahr sehen."

„Aber die Sache stinkt doch zum Himmel."

„Auf den ersten Blick schon, gerade vor dem Hintergrund dieser Adoption. Aber vielleicht urteilen wir vorschnell."

„Sagst du das etwa, weil Bader und Medici in einem Boot sitzen?", fragte Tarnus lächelnd.

„Tarnus, die Frage kannst du selbst beantworten. Im Ernst: Ich würde niemals etwas gegen den Willen eines Patienten tun, schon gar nicht, wenn mir ein anderer dafür Geld geben würde. Ansonsten würdest du mir auch die Freundschaft aufkündigen. Aber da gibt es etwas, über das sich nachzudenken lohnt: Sperrst du einen Menschen in eine Kammer ein, die vergittert ist, verschließt sie und wirfst den Schlüssel ins Fleet, dann droht dir der Pranger und danach der Kerker. Wenn ein Medicus etwas Vergleichbares im Krankenzimmer mit einem Menschen macht, wird kein Gericht der Welt ihn anklagen. Im Gegenteil, es wird sich herumsprechen, es handle sich um einen Medicus, der sorgfältig und vorsichtig ist."

„Bensheims Medicus scheint ein eitler Gockel zu sein."

„Das muss nichts heißen", lachte Hannes. „Es gibt auch eitle Medici, die gut sind. Vielleicht ist dieser Medicus ja auch so erfolgreich in seinem Fach, dass er die größten Summen einnehmen und sich dafür die teuersten Anziehsachen leisten kann." Dann wurde er ernst. „Tarnus, dennoch habe ich bei der Sache ein ungutes Gefühl. Du musst ganz nah dranbleiben."

„Genauso habe ich auch gedacht." Tarnus trank sein Bier aus, verabschiedete sich von Hannes und wandte sich zur Tür.

„Halt", rief Hannes, „du vergisst den Hauskittel von Bensheim. Ein Kompliment übrigens, wie du angesichts dieses Hubertus van Boeningen die Stickerei mit der Gelben Drohne aus dem Hut gezaubert hast. Wirklich listig!"

„Zu viel der Ehre." Tarnus ergriff den Kittel und verließ das Badehaus.

Tarnus ging zu seinem Laden am Kattrepel zurück. Er war noch bei Eike von Bensheim vorbeigegangen. Dort hatte er dem Hausherrn, der es sich nicht hatte nehmen lassen, an dem Gespräch teilzunehmen, und seinem Schreiber Justus von seinen Erkundigungen im Hause des Carl von Bensheim berichtet. Im Grunde hatte er für die beiden keine neuen Informationen bis auf die Tatsache, dass sich Carl von Bensheim wirklich auf seinem Krankenlager in der Reichenstraße befand.

„Und da seid ihr euch ganz sicher, dass mein Vetter dort liegt und dass das keine Finte dieses Hubertus van Boeningen ist?", hatte Eike von Bensheim gefragt.

„Kein Zweifel", hatte Tarnus geantwortet, „ich kenne die Magd Grete. Und sie hat mir den Kittel geholt und sich etwas abwertend über den Medicus ausgelassen. Nein, euer Vetter liegt wirklich in der Reichenstraße."

Justus Elferding, der Schreiber, hatte noch in Erfahrung bringen können, dass Hubertus van Boeningen die Erkrankung Bensheims dem Hohen Rat gemeldet hatte, aber dergleichen war ja nicht ungewöhnlich, wenn ein Ratsherr seine Termine krankheitshalber nicht wahrnehmen konnte. Die Vertretung hatte ein anderes Mitglied des Hohen Rates in Person von Heinrich Curtius übernommen.

Tarnus merkte, dass er langsam müde wurde. Auch die Narbe an seinem Kopf zwickte wieder einmal. Alle, Tarnus selbst, Hannes, Eike von Bensheim und sein Schreiber, waren sich darüber einig gewesen, dass da möglicherweise etwas im Busch war und es galt, auf der Hut zu sein. Tarnus hatte zugesagt, seine Späherdienste mit größter Intensität zu betreiben. Doch was war mit Eike von Bensheim, spielte der mit offenen Karten? Klar, dass es seine Motivlage war, Alleinerbe seines Vetters zu bleiben, aber da gab es doch sicherlich vieles mehr zu besprechen, wie etwa Geschäftsbeziehungen zu seinem Vetter, zum Beispiel Konkurrenzsituationen, Zusammenarbeit, der Kampf um Kunden und vieles mehr.

Tarnus hatte den Kattrepel erreicht. Jetzt noch kurz zu seinem Laden und sich umziehen. Eine Gugel anziehen und dann in ein Schankhaus, eine Kleinigkeit essen, einen Krug Bier trinken und früh ins Bett. Morgen früh dann zu Wiebke und die Stickerei mit dem Wappen der Gelben Drohne besprechen. Je früher Wiebke mit der Stickerei fertig war, umso eher hatte er einen Grund, im Hause des Carl von Bensheim vorbeizuschauen. Als Tarnus seinen Laden betrat, staunte er nicht schlecht. Auf dem Küchentisch stand ein Schälchen mit Dickmilch, daneben lagen zwei Heringe und ein Fladenbrot, eine gut gefüllte Bierkanne daneben. Wer mochte das auf den Tisch gestellt haben? Wiebke oder vielleicht gar Hiltrud? Aber hätte Hiltrud denn überhaupt so viel Zeit haben können, diese Dinge zu besorgen? Der Ewer mit Frietz am Steuer hatte doch schon um acht Uhr am Morgen ablegen sollen. Als Tarnus noch überlegte, bemerkte er noch etwas auf dem Küchentisch: Ungelenk, mit einem berußten Finger auf die Tischplatte gemalt, war da ein großes Herz zu sehen. Tarnus setzte sich und musste an Hiltruds Tränen denken, als sie Abschied genommen hatten. Dieses eine Mal noch, doch dann musste es ein Ende haben mit seiner Spähertätigkeit.

VI

Tarnus saß auf einem kleinen Mäuerchen nahe St. Marien. Eine milde Abendsonne umfing ihn. Er erinnerte sich, dass er hier schon einmal gesessen hatte, hungrig und mit zu engen Schuhen. Da war er auf der Suche nach den Drahtziehern der Gerüchte um die Gelbe Drohne gewesen. Nun, im Augenblick war sein Hunger gestillt, er hatte sich eine Portion Fisch in einer der Garküchen nahe dem Markt gegönnt. Aber seine Beine waren schwer, obwohl die Schuhe passten. Das kam mit Sicherheit von den unzähligen Gängen, die ihn schon tagelang in die Reichenstraße geführt hatten. Mal mit einer Gugel gekleidet vorbei am Haus des Carl von Bensheim – wenn es ging, im Sichtschatten eines fässerbeladenen Ochsenkarrens. Mal etwas besser gekleidet wie ein Kaufmann, der einen Besuch im Badehaus oder bei einem Geschäftskollegen vorhatte. Wie oft war er an Bensheims Haus vorbeigestreift, immer auf der Hut, aber immer dabei, die Haustüre zu beobachten oder einen Blick in eines der Fenster des bensheimschen Hauses zu erhaschen. Wie es aussah, wurde Bensheim sehr aufwendig gepflegt, häufig hatte er eine Magd mit einem Korb voller Bettwäsche aus dem Haus kommen und in Richtung einer Lohnwäscherei gehen sehen. Tarnus konnte sich vorstellen, wie dieser Medicus penibel auf alles achtete, was mit seiner Vorstellung von Hygiene zu tun hatte.

Tarnus erinnerte sich an seinen letzten Fall. Da hatte er auf diesem Mäuerchen gesessen. Aber das war nicht alles gewesen. Diesem Fall verdankte er eine schwere Verletzung an seinem Schädel, von der er jetzt aber genesen war. Und dabei hatte er seinerzeit wirklich schwer gelegen. Und wenn ihm jetzt die Beine schwer waren, dann war es eigentlich doch wirklich gut.

Er, Tarnus, konnte wieder richtig gehen und musste sein Bein nicht mehr nachziehen. Und er hatte Hiltrud kennengelernt. Hiltrud! – Tarnus riss sich aus seinen Gedanken. Als er gerade eben in seinem Laden seine Blicke hatte schweifen lassen, da war ihm aufgefallen, dass ein Umzug eine Menge Arbeit bereiten würde. Da ging es nicht darum, mal eben ein paar Schauerleute mit dem Transport zu beschäftigen. Im Grunde musste er jedes Teil – sei es ein Kleidungsstück, sei es ein Schuh oder ein Gürtel – in die Hand nehmen, neu einordnen und überprüfen, ob es denn noch verkäuflich sei.

Tarnus stand auf. Er musste unbedingt noch bei Wiebke vorbeischauen und fragen, wie weit sie mit der Stickerei wäre. Er hatte ihr Bensheims Kittel vorbeigebracht und ihr einen Vorschlag zu dem Monogramm mit der Gelben Drohne gemacht. „Ich stelle mir vor, die Gelbe Drohne in Gelb und das Meer darum in Blau. Was meinst du dazu, Wiebke?"
Und Wiebke hatte geantwortet: „Meister, die Gelbe Drohne doch nicht in normalem Gelb. Die muss goldfarben oder Goldgelb sein. Und das Blau des Meeres ist doch kein normales Blau. Das muss ein dunkles Meerblau sein. Aber beide Garne sind nicht in eurem Laden und hier habe ich sie auch nicht. Die muss ich erst besorgen. Dabei kann mir Geerd auch nicht helfen."
„Dann mach es so", hatte Tarnus entgegnet. „Soll ich dir Geld für das Garn geben?"
„Meister, ich bin jetzt Hausbesitzerin. Und was das Wappen der Gelben Drohne angeht, da geht es nicht nur um den Kittel des Herrn von Bensheim. Das Wappen muss schön werden, sehr schön sogar, die Gelbe Drohne ist doch Geerds Schiff!"

Mit Bensheims besticktem Kittel unter dem Arm ging Tarnus zum Kattrepel zurück. Wiebke hatte ganze Arbeit geleistet und

Tarnus hatte nicht mit Lob gespart. Am nächsten Tag wollte er im Hause des Carl von Bensheim noch einen Versuch starten, etwas näher an den Hausherrn heranzukommen. Doch dann blieb er stehen. Was spräche jetzt gegen einen Abstecher in die Reichenstraße? Ideal wäre das. In der Reichenstraße war man vorsichtig. Würde er von einem Büttel oder einem Dienstboten angesprochen, was er denn hier zu nächtlicher Stunde täte, könnte er den bestickten Kittel vorweisen. Tarnus war noch nicht ganz auf der Höhe von Bensheims Haus. Doch da sah er, wie ein Mann das Haus verließ, indem er die Haustüre hinter sich zuzog. Mit eiligem, wippendem Gang ging er die Reichenstraße hoch, bog dann ab und war verschwunden. Diesem Tempo hätte Tarnus nicht folgen können, selbst wenn er es gewollt hätte. Aber diesen Gang kannte er, da war er sich sicher: Das musste Hubertus van Boeningen gewesen sein!

Beunruhigt erreichte Tarnus, den Kittel immer noch unter dem Arm, seinen Laden auf dem Kattrepel. Er wollte die Tür aufschließen, doch der Schlüssel ließ sich nicht drehen. Tarnus probierte, ob die Tür überhaupt verschlossen war: Er drückte die Klinke und die Tür ließ sich öffnen. Tarnus trat ein.
„Na, Erik, hast du mal wieder einen langen Tag gehabt?"
Hiltrud saß auf einem Stuhl vor Tarnus' kleinem Sekretär.
„Hiltrud, was machst du denn hier?"
„Ich wollte mal nach dem Rechten sehen. Zum Beispiel, ob du denn genug zu essen hast und ob die Kanne auch mit Bier gefüllt ist." Hiltrud erhob sich und gab Tarnus einen langen Kuss.
„Hiltrud, ich bin wirklich sprachlos." Tarnus war atemlos und versuchte gleichzeitig, seine Rührung zu überspielen. Er legte den Kittel über einer Stuhllehne ab.
„Es war ganz einfach. Mein Vater, der alte Petter, der immer so tüddelig tut, kam zu mir in die Küche. Er meinte beiläufig, ein

Gutshof könne nicht von einer einzelnen Person abhängig sein, die die Küche besorgte. Für so etwas gäbe es genug Mägde, die das genauso gut könnten. Und genauso beiläufig sagte er mir dann, dass ein kleiner Einspänner vor der Tür stünde. ‚Zwei oder drei Hamburgische Meilen bis zur Mündung der Krocker Aue‘, sagte er, ‚das ist in einer Stunde erledigt. Bis dorthin bringe ich dich nämlich. Und dann gehst du auf den Ewer. Frietz kommt da zufällig vorbei. Und nach weiteren zwanzig Meilen bist du in Hamburg. Bei auflaufendem Wasser und Westwind wirst du am frühen Abend da sein.‘ Ich tue ja nicht immer, was man von mir verlangt“, schloss Hiltrud, „aber in diesem Fall hat mein Vater wohl meine Gedanken gelesen.“

„Jetzt bist du erst mal hier.“ Tarnus wusste immer noch nicht, was er sagen sollte.

„Komm mal in die Küche.“ Hiltrud nahm Tarnus an die Hand. Tarnus sah auf den Küchentisch. „Was ist das denn?“ Dann fiel ihm das Abendessen ein, welches ihm wohl Hiltrud am Tag ihrer Abreise dagelassen hatte. „Sag mal, Hiltrud, das letzte Essen, das hast du doch besorgt?“

„Sicher.“ Hiltrud nickte. „Weißt du, hier auf dem Kattrepel gibt es nicht nur die Huren und die durchtriebenen und skrupellosen Wirte. Da gibt es auch die einfachen Mägde und Knechte, die ihre Arbeit tun. Und da gibt es auch Menschen, die kochen und Speisen zubereiten. Und an solche habe ich mich gewandt, ich, die Magd von Roberecht Erik Tarnus. Aber lassen wir das.“ Hiltrud wies auf den Tisch. „Heute Abend gibt es Lachs mit Linsen und dazu ein besonderes Exportbier.“ Sie wies auf die Kanne. „Ein gewürztes Bier aus dem Süden. Es ist stark, aber es gilt als sehr bekömmlich. Und du siehst hier vor dir das Essen, welches heute Abend in Dörte Hendriksens Brauhaus angeboten wird.“

„Ach Hiltrud“, seufzte Tarnus, „ich bin ganz beschämt.“

„Wie kommt du voran?", fragte Hiltrud unvermittelt und Tarnus, während er aß, informierte Hiltrud über das, was er in der Zwischenzeit erlebt hatte.

„Da gebe ich dir recht, Erik", meinte Hiltrud, als er geendet hatte. „Dieser Hubertus van Boeningen führt sicherlich nichts Gutes im Schilde. Aber was ist mit dem Kittel, den du mitgebracht hast? Die Stickerei ist übrigens vortrefflich."

„Das habe ich Wiebke auch schon gesagt. Stimmt, davon habe ich noch nicht gesprochen: Diesen Kittel wollte ich morgen im Hause Bensheim abgeben. Vielleicht komme ich dann an weitere Informationen."

Hiltrud stand auf und suchte in Tarnus' Laden herum. Dann kam sie zurück. „Ich könnte morgen den Kittel bringen. Meinst du, ich sehe so aus wie eine Magd aus der Reichenstraße?"

Tarnus staunte. „Hiltrud, in diesen Kleidern und mit dieser Haube auf dem Kopf siehst du aus wie die Magd eines ehrbaren Handelsherrn."

„Was dein Laden so alles hergibt." Hiltrud lachte. „Dann schlage ich vor, ich gehe morgen in der Frühe mit dem Kittel in die Reichenstraße und versuche, über die Mägde etwas herauszubekommen. Das ist viel unverfänglicher, als wenn du in Hut und Mantel gehst."

„Die Magd, mit der ich gesprochen habe, heißt Grete", warf Tarnus ein.

„Das sagtest du schon. Aber ist denn noch etwas von dem Bier da?"

Tarnus schüttelte die Kanne. „Ich denke, eine halbe Kanne noch. Aber sagtest du nicht, das Bier wäre stark?"

„Ich sagte auch, bekömmlich." Hiltrud goss sich einen Becher ein und trank daraus.

„Hast du denn auch etwas gegessen?", fragte Tarnus, der seinen Teller geleert hatte.

„Mehr als genug. Aber sag einmal, wie steht mir die Haube?"
Hiltrud trank ihren Becher aus und stellte sich vor Tarnus.
„Sehr gut. Aber die anderen Sachen auch. Tarnus stand auch
auf. „Darf ich dir die Haube abnehmen?" Er nahm Hiltrud die
Haube ab und küsste sie.
„Und die anderen Sachen?", fragte Hiltrud zärtlich.
„Du meinst, die auch?"
„Das Lager ist schon aufgeschüttelt", bemerkte Hiltrud.

„Ich bin gespannt, wie dir der Brei schmecken wird", sagte
Hiltrud. Die beiden saßen zum Frühstück in der Küche.
„Ich bin auch gespannt", antwortete Tarnus, „aber ich bin noch
etwas benommen von der näheren Vergangenheit." Er nahm
einen Löffel und griff zum Honig. „Honig aus dem Alten Land,
allerbeste Tracht."
„Nein, probiere den Brei erst einmal ohne Honig."
Tarnus probierte. „Irgendwie anders: Ich schmecke Haferbrei,
aber dieser hier ist aromatischer als sonst."
„Ich habe Mehl vom Emmer und vom Einkorn dazugegeben."
„Wirklich gut. Ich bin erstaunt, welche Kenntnisse du hast."
„Ich komme eben vom Land", bemerkte Hiltrud. „Aber ich
werde mir gleich den bestickten Kittel schnappen und zu
Bensheims Haus gehen. Mal sehen, was ich herausbekomme.
Und was machst du heute Morgen?"
„Ich dachte, erst einmal ein bisschen in der Reichenstraße
patrouillieren. Heute Abend werde ich mich auf die Lauer
legen, um zu sehen, wohin Hubertus van Boeningen geht, wenn
er denn dasselbe tut wie gestern."
„Was wirst du denn heute Morgen anziehen?", fragte Hiltrud.
„Weiß ich noch nicht."
„Dann werde ich mich mal im Laden umsehen." Hiltrud ging
von Regal zu Regal. Zuletzt legte sie vor Tarnus ein Bündel hin.
„Du kannst mich begleiten. Ich habe die Sachen eines

Zimmermanns herausgelegt. Von der Größe her müssten sie passen."

Tarnus löffelte seinen Brei zu Ende. Dann probierte er die Sachen an. „Passt wie angegossen. Sollen wir gehen?"

„Erik", mahnte Hiltrud, „du hast etwas vergessen."

„Was denn?"

„Hänge dir wenigsten einen Hammer und eine Zange an den Gürtel, dann wirkt es echter." Hiltrud nahm Bensheims Kittel.

„Wo ist der Korb?"

„In der Küche."

Sie traten aus dem Laden auf den Kattrepel hinaus. Die Luft war klar und es versprach, ein schöner Tag zu werden. Sie machten sich auf den Weg in die Reichenstraße. Tarnus lag etwas am Herzen. „Sag mal, Hiltrud, wie lange kannst du denn überhaupt in Hamburg bleiben?"

„Weißt du, was Petter, mein Vater, noch zu mir gesagt hat?"

„Erzähle."

„Er sagte mir, dass du aussähest wie ein Verliebter und dass man dir deine Verliebtheit schon auf zwei Meilen ansehen könnte."

„Hiltrud, nicht so schnell gehen. Ich komme nicht mit. Ich bin gerade erst genesen."

Hiltrud lachte hell. „Und dann sagte er mir noch, dass man so einen Mann nicht einfach laufen lassen sollte und wenn es nottäte, ihm auch zu folgen, egal wohin er geht."

„So etwas Ähnliches ist mir auch in den Sinn gekommen. Und da habe ich beschlossen, meinen Laden hier aufzugeben, um auf den Gutshof zu ziehen. Eigentlich hatte mir Wiebke angeboten, einen Laden in der Nähe ihres Hauses zu suchen, und Geerd hatte schon ein solches Objekt ausfindig gemacht …"

„Erik, nicht so laut", unterbrach Hiltrud. Sie näherten sich einer Menschengruppe. „Und mach es doch nicht so kompliziert.

Gilg wird schon einen Ersatz für dich finden. Ich habe es läuten hören, dass er schon jemanden gefunden hat. Und du, Erik …"

„Etwas langsamer bitte", flüsterte Tarnus. „Ich bin zwar als Zimmermann gekleidet, aber als älterer Zimmermann."

Hiltrud blieb stehen. „Eines sage ich dir, Roberecht Erik Tarnus: Du bist ein Mann, der seine Ehre hat und sich nicht durch Geld bestechen lässt. Du bist ein Mann, der Ungerechtigkeiten nicht leiden kann und letztlich bist du ein Mann, der sich von Herzen darum bemüht, Leid zu lindern. Du gehörst auf den Kattrepel, genau hierhin. Und wenn du einwenden solltest, du führtest einen schäbigen Laden: Genau für all das liebe ich dich."

Tarnus schluckte. Er war betreten. „Ich weiß gar nicht, was ich sagen soll."

„Dann sag nichts."

„Sag mal, Hiltrud, darf ich dich küssen?"

„Nicht hier in aller Öffentlichkeit."

„Gilt das auch für Magd und Zimmermann?"

„Selbstverständlich auch." Hiltrud nahm Tarnus' Hand. „Und jetzt setz dich in Marsch, ich möchte noch vor der Abenddämmerung in der Reichenstraße ankommen."

Sie hatten die Reichenstraße erreicht. „Ich werde dann mal bei Carl von Bensheim anklopfen. Vielleicht erreiche ich da ja etwas", sagte Hiltrud. „Was willst du machen?"

„Ich warte hier." Tarnus blieb an einer Straßenecke stehen. So hatte er die Haustür im Blick, ohne selbst aufzufallen.

Hiltrud ging auf das bensheimsche Haus zu und klopfte an die Tür. Nach kurzer Zeit wurde ihr aufgetan und sie verschwand im Haus. Tarnus ging ein paar Schritte auf und ab. Dann blickte er sich suchend um. Schließlich zog er die Zange aus dem Gürtel und betrachtete sie prüfend wie ein Handwerker, der auf einen Kollegen wartete. Dabei behielt er immer Bensheims

Haustür im Blick. Ein klapperndes Fenster wurde geöffnet. „He, Zimmermann", hörte Tarnus über sich eine Stimme, „hast du mal einen Moment Zeit?"

Tarnus blickte nach oben. Ein alter Mann war da zu sehen. „Kommt drauf an", gab Tarnus zurück. „Ich habe so gut wie kein Werkzeug dabei. Ich warte auf einen Kollegen." In diesem Augenblick kam Hiltrud aus Bensheims Haus. Sie sah ernst aus. „Keine Zeit", rief Tarnus nach oben, „muss weiter." Er ging auf Hiltrud zu.

„Kollege", hörte er noch hinter sich, „dass ich nicht lache. Buhlschaft nennt man das." Das Fenster wurde lautstark geschlossen.

„Komm ein paar Schritte weiter", sagte Hiltrud. „Da vorne sind nicht so viele Menschen."

Tarnus sah, dass ihr Korb jetzt leer war. „Und?", fragte er leise, als sie an einer ruhigen Ecke angekommen waren.

„Bensheim ist nicht mehr in seinem Haus."

„Was?"

„Ich habe mit einer Magd gesprochen. Es war nicht Grete, mit der ich gesprochen habe. Diese Magd hieß Lina, aber das tut jetzt nichts zur Sache. Sie war immer noch in Tränen aufgelöst. Bensheim muss in der Nacht abgeholt worden sein. Da hat sie im Halbschlaf gedämpfte Stimmen im Flur gehört. Sie hat sich aber nicht aus ihrer Kammer getraut, weil der Medicus und Hubertus van Boeningen ein so strenges Regiment im Haus führen. Nun, am nächsten Morgen, also noch gar nicht so lange her, hat Hubertus van Boeningen dann das Personal zusammengetrommelt und ihm mitgeteilt, dass der Hausherr in seinem Haus nicht die nötige Ruhe zur Gesundung bekommen habe. Deswegen sei er an einen sicheren Ort verbracht worden."

„Weiß man, wohin?", unterbrach Tarnus.

„Weiß man nicht", antwortete Hiltrud. „Aber der Reihe nach. Als eine der Mägde nachfragte, was für eine Krankheit der Herr habe, hat er die Mägde als dumme Gänse bezeichnet, die gar nicht wüssten, was für eine schlimme Krankheit ihr Herr hätte. Deswegen sei Ruhe absolut vonnöten und die habe der Herr einfach nicht bekommen. Immer sei die Glocke gegangen und zudem seien die Anweisungen des Medicus unzureichend befolgt worden. Der Medicus habe den Transport übernommen und sie, die Mägde, könnten ganz sicher sein, dass für ihren Herrn alles nur erdenklich Gute veranlasst worden sei."

„Und den Namen von Bensheims Krankheit haben die Mägde nicht erfahren?"

„Doch, dieser Hubertus hat einen Namen genannt: Hitziges Frieselfieber."

„Hitziges Frieselfieber, nie gehört", brummte Tarnus, „da werde ich Hannes fragen müssen. Hiltrud, das sind keine guten Nachrichten. Lass uns ein bisschen gehen, ich muss überlegen, wie ich vorgehe. – Also den Ort, wohin Bensheim gebracht worden ist, kennen die Mägde nicht?"

Hiltrud schüttelte den Kopf und wies auf ihren Korb. „Du siehst, der Korb ist leer. Es war bedrückend. Als ich den Kittel abgab, da flossen bei Lina, der Magd, die Tränen. ‚Was für eine schöne Stickerei. Das muss die Gelbe Drohne sein. Die hätte unserem Herrn gefallen. Er hatte schon so viel Freude an dem Wappen von Hamburg an seinem Kittel.' Ich habe sie dann getröstet. Eines fällt mir noch ein, Bensheims Zustand. Diese Magd hat ihn als matt und müde beschrieben, aber nicht als einen Schwerkranken, der im Sterben liegt."

„Viele Fragen tun sich auf, Hiltrud. War Bensheim mit dem Ortwechsel einverstanden oder war er zu matt, um sich zu wehren? Wie ist er abtransportiert worden? Ein Fuhrwerk hätte man doch gehört. Was ist das für ein Medicus? Wie heißt er? Wo kommt er her? Aber über eines sind wir uns doch einig: Da ist eine ganz große Sauerei geschehen."

Hiltrud nickte „Ich stimme dir zu. Es ist ganz offenkundig: Bensheim ist verschleppt worden."

VII

„Merkwürdig." Hannes sah ernst aus. „Da stimmt doch etwas nicht." Tarnus hatte Hannes mit kurzen Worten berichtet, was er über Carl von Bensheim in Erfahrung gebracht hatte.

„Hannes, ich muss weiter, meinen Auftraggeber informieren. Und dann muss ich mir einen Schlachtplan zurechtlegen, überlegen, wie ich weiter vorgehe. Sag mir bitte eines, was ist ein hitziges Frieselfieber?"

„Nun", erwiderte Hannes und breitete seine Hände aus, „da gibt es verschiedene Ausprägungen. Das Vollbild ist geprägt von starken Gelenkbeschwerden und -schwellungen, verbunden mit Flecken, also Frieseln, am Leib. Dann ist der Patient allerdings moribund. Du sagtest, Bensheim wäre matt gewesen. Dann kann er nicht das Vollbild haben. Aber vielleicht ist dieser Medicus ja auch weitschauender als wir."

„Was kann man gegen solch ein Frieselfieber tun?"

„Eigentlich nichts Spezielles. Ruhe ist gut, dazu noch stärkende Elixiere. Ich würde, wenn nötig, auch an einen Heilschlaf denken. Tarnus, du weißt, wovon ich spreche."

„Ja", sagte Tarnus und tastete unwillkürlich nach seiner Narbe am Kopf, „und ich bin dir sehr dankbar. Aber spielt der Ort, an dem man dieses Frieselfieber behandelt, denn eine Rolle?"

Hannes sah Tarnus an: „Quatsch."

„Sollte man diesen Vorfall dem Rat melden?"

„Tarnus, sprich erst einmal mit deinem Auftraggeber. Eike von Bensheim kennt sich mit derlei formalen Dingen mit Sicherheit gut aus, genauso sein Schreiber, dieser Justus Elferding."

„Danke, Hannes." Tarnus verabschiedete sich.

Tarnus klopfte an die Tür des Hauses von Eike von Bensheim. Nach kurzer Zeit erschien eine Magd. Sie schien ihn nicht zu kennen. „Was wünscht ihr?", fragte sie.

„Euren Herrn sprechen", sagte Tarnus. „Es ist dringend."

„Da muss ich Justus fragen", sagte die Magd, „bitte wartet." Sie schloss die Tür vor Tarnus' Nase. Nach einiger Zeit kam sie zurück. Mit einem knappen „bitte" ließ sie Tarnus ein und führte ihn zu der Tür des Kontors. Sie klopfte an und wandte sich an Tarnus: „Wartet einen Augenblick." Wenig später öffnete sich die Tür und Justus der Schreiber kam heraus. „Wichtige Nachrichten, schlechte Nachrichten?"

„Sonst wäre ich nicht hier", gab Tarnus zurück.

„Da kann man nichts machen. Dann kommt mit. Aber eines solltet ihr wissen …"

„Was denn?", unterbrach Tarnus, doch da winkte der Schreiber ab. „Egal, Ihr werdet es ohnehin gleich erfahren."

Tarnus trat in das Kontor ein. Dann stutzte er. Da lag Eike von Bensheim auf einem breiten Diwan, gestützt auf zahlreiche Kissen. Er trug einen weichen Mantel. Das Schreibpult war weggeräumt und neben dem Diwan stand ein kleiner Tisch, auf dem sich eine Karaffe und ein gefülltes Glas befanden. „Tretet näher, Tarnus", sagte er, „wollt ihr ein Glas Wein?"

„Ein kleines Glas nur", entgegnete Tarnus.

„In diesem Haus gibt es nur kleine Gläser. Doch setzt euch. Welche Kunde bringt ihr mir?"

Tarnus setzte sich in einen kleinen Sessel. „Es tut mir leid, wenn ich störe, doch muss ich euch sagen, dass euer Vetter nicht mehr in seinem Hause weilt."

„Das war meine erste Frage, als ihr das erste Mal zu mir kamt. Erinnert ihr euch? Justus, schenke bitte Meister Tarnus ein Glas ein." Eike von Bensheims Sprache, die beim ersten Treffen noch abgehackt und schleppend geklungen hatte, hörte sich jetzt anders an: Er sprach jetzt weicher und runder, und es schien so zu sein, als würden die Worte weiter hinten im Mund gebildet.

Justus holte ein Glas und goss aus der Karaffe Wein hinein. Eike von Bensheim hob sein Glas in Tarnus' Richtung und trank daraus. Tarnus tat es ihm nach. Er kostete einen Wein, den er in dieser Qualität noch nie zuvor getrunken hatte. „Exzellent."

Eike von Bensheim winkte ab. „Erzählt", und Tarnus berichtete knapp, aber umfänglich das, was Hiltrud zuvor herausgefunden hatte.

„Wie gehen wir jetzt vor?", fragte Eike von Bensheim, doch er ließ keine Antwort zu. „Du, Justus, gehst so bald als möglich zu Heinrich Curtius und informierst ihn und ihr, Tarnus, bleibt dran. Hier in Hamburg. Sag, Justus, auf welche Weise ist Vetter Carl wohl aus seinem Haus und auch weiter transportiert worden?"

„Ich denke, mit einer Sänfte. Ein Fuhrwerk wäre für einen Kranken eine Qual", antwortete dieser.

„Und dann weiter?"

„Am schonendsten wäre ein Boot", meinte der Schreiber.

„Wohin?", kam es von Eike von Bensheim.

„Dahin, wo dieser Medicus herkommt."

„Dann also", sagte Eike von Bensheim und trank einen weiteren Schluck, „ermitteln, aufspüren, Vetter Carl befreien." Er hob sein Glas gegen Tarnus. „Einmal innerhalb eines Mondes tue ich etwas, was ich mir ansonsten versage: Einmal innerhalb eines Mondes gelingt es mir, ohne Beschwerden zu leben. Dann liege ich hier auf weichem Pfühle und genieße den wohl herrlichsten Wein, den Mutter Erde hervorgebracht hat. Danach kann ich mich bewegen und auch ein schmerzfreies Gehen ist mir möglich. Doch mehr als einmal in diesem Zeitraum getraue ich mich nicht, derartiges zu tun. Ich möchte nicht den Dämonen aus der Flasche verfallen."

„Das werdet ihr nicht", sagte Tarnus, „dafür sind euer Wille und eure Disziplin zu ausgeprägt."

Eike von Bensheim hob sein Glas, dann, in Richtung seines Schreibers: „Wann kommt der Lautenspieler?"

„Gleich", antwortete der Schreiber.

„Der Wein ist sehr gut", sagte Tarnus. „Herr von Bensheim, ich darf mich jetzt verabschieden. Euer Schreiber und ich werden versuchen, alle Anweisungen auszuführen."

„Die Danziger Weinschiffe fahren bis nach Portugal und transportieren den Wein auch bis hierhin. Portugal, die Insel Ouessant, Plymouth, das sind die Stationen. Die Ungunst der Meere, Piraten – ich selbst mache es nicht, das ist mir zu gefährlich. Aber diese Destination wurde stets ohne Unterbrechung aufrechterhalten. Und für andere Hansemitglieder geht wohl die Rechnung auf." Eike von Bensheim hob erneut sein Glas. „Dank euch, Tarnus." Es klang etwas verwaschener als zuvor.

Tarnus erhob sich. „Ich gehe jetzt. Eure Anweisungen sind noch umzusetzen."

„Vinum purum", kam es von Bensheim.

„Wie bitte?" Tarnus hatte nicht verstanden.

„Der Name dieses Weines lautet ‚Vinum purum', ich denke, einer der besten Weine der Welt."

„Ohne Frage", sagte Tarnus.

„Ich bringe euch jetzt zur Tür." Justus geleitete Tarnus aus Bensheims Kontor. Vor der Haustür hielt er an. „Einmal innerhalb eines Mondes erlaubt sich mein Prinzipal das, was er, auf weichem Pfühle liegend, als sein Elysium bezeichnet. Und wenn ich mir das erlauben darf: Meines Prinzipals Elysium ist das, was für andere die Normalität ist."

„Euer Prinzipal ist ein starker und sehr, sehr disziplinierter Mann, der auch klug zu entscheiden weiß", bemerkte Tarnus.

Er verabschiedete sich von Justus dem Schreiber und trat auf die Straße hinaus. Es wurde langsam dunkel. Er musste an das denken, was in den nächsten Tagen an Nachforschungen auf ihn zukam. Am liebsten hätte er den Abend mit Hiltrud auf dem Kattrepel verbracht, doch das ging nicht. Also nur kurz zu seinem Laden gehen, ein paar Worte mit Hiltrud wechseln, sich umziehen und dann wieder los: Tarnus hatte an diesem Abend noch etwas vor.

Tarnus lenkte seine Schritte in die Richtung von Carl von Bensheims Haus. Vielleicht gelang es ihm, ein wenig mehr über Hubertus van Boeningen herauszufinden. Tarnus überlegte: Wenn Hubertus van Boeningen denselben Weg wie am gestrigen Abend ginge, dann wäre es am besten, ihm entgegenzugehen und sich erforderlichenfalls in eine Straßenecke oder einen Türeingang zu drücken. Doch es war ein vager Versuch. Aus welchem Grund sollte Hubertus van Boeningen an diesem Abend dasselbe tun wie gestern? Auf der anderen Seite: Justus, Eike von Bensheims Schreiber, hatte darauf hingewiesen, dass man Bensheim mit einer Sänfte weggeschafft haben könnte, um ihn dann auf ein Boot oder ein Schiff zu verbringen. Vielleicht führte dieser Hubertus ihn ja zu Carl von Bensheim. Tarnus zog sich die Kapuze seiner Gugel etwas ins Gesicht. Und dann geschah das, was eigentlich unwahrscheinlich war: Ein Mann kam Tarnus entgegen, ein Mann mit einem schnellen, wippenden Gang. Das musste Hubertus van Boeningen sein! Tarnus sah sich um. Nicht weit von ihm war eine Straßenecke zu sehen. So schnell er konnte, eilte Tarnus dorthin. Ein kurzer Blick noch auf den sich nähernden van Boeningen, sich umdrehen und dann so zu tun wie ein Mann, der sich unauffällig erleichterte. Doch was hatte Tarnus mit kurzem Blick gesehen? Dieser Hubertus van Boeningen trug einen Hauskittel mit dem eingestickten Wappen der Hansestadt Hamburg, dazu eine einfache Hose. Das musste der Hauskittel des Carl von Bensheim sein. Wie frivol war das doch, wie arrogant! Hubertus van Boeningen hatte sich so gekleidet, als wäre er der natürliche Vertreter seines Oheims. Tarnus wartete, bis die Schritte dieses Mannes vorbeigezogen waren. Doch als er sich zur Verfolgung wenden wollte, spürte er, wie jemand seinen Arm packte. Eine Hand legte sich auf seinen Mund. „Psst." Tarnus drehte sich um. „Mensch Geerd, was machst du denn hier?"

„Diesem Bastard folgen, diesem Dreckschwein", flüsterte Geerd.

„Das tue ich auch", flüsterte Tarnus zurück. „Ich fürchte, er hat seinen Oheim entführt."

„Und jetzt will er auch noch die Gelbe Drohne entführen." Man sah Geerd an, welcher Aspekt ihm wichtiger war. „Wir dürfen ihn nicht aus den Augen verlieren. Kommt, Meister, folgen wir ihm."

Die beiden Männer folgten dem Mann so unauffällig, wie sie konnten. Tarnus erinnerte sich: Der Weg, den sie jetzt nahmen, war doch der Weg zur Innenalster, und zwar zu dem Bereich, in dem sich die Lagerhäuser befanden. Hier wurden die Warenladungen zusammengestellt und auf Nachen, Ruderboote oder Ewer verladen, zu den weiter draußen ankernden Handelsschiffen verbracht. „Vorsicht", zischte Geerd und zog Tarnus in einen Hauseingang. „Es sah so aus, als wolle er sich umdrehen."

„Hat er aber nicht", sagte Tarnus beruhigend. „Geerd, was ist los?"

„Gleich", antwortete Geerd. „Erst mal sehen, was er vorhat."

„Was denkst du?"

„Sehen, ob er zu den Lagerhäusern geht oder ein Boot nimmt", antwortete Geerd.

„Geerd, du sprichst in Rätseln."

„Nicht so ungeduldig, Meister", zischte Geerd. „Wartet hier. Ich gehe allein. Zwei Mann wären zu auffällig."

„Du wirst wissen, was du tust", wollte Tarnus sagen, doch da war Geerd schon weggeschlichen.

Tarnus wartete. Es dauerte. Tarnus vertrat sich die Beine, indem er hin und her ging. Auf einmal verspürte er eine Hand auf seiner Schulter. „Na, Bürschchen, was machst du denn hier?" Ein Büttel des Hohen Rates, den Tarnus nicht kannte, stand vor ihm.

„Komme gerade von den Lagerhäusern. Haben da die Ladung für ein Schiff zusammengestellt. Und jetzt warte ich auf einen Freund."

„Welches Lagerhaus, welches Schiff?", wollte der Büttel wissen. „Du siehst mir übrigens nicht wie ein Schauermann aus, du Hänfling. Außerdem bist du dafür zu alt."

„Alles nacheinander", sagte Tarnus. „Das Lagerhaus gehört dem hohen Herrn Bensheim."

„Von Bensheim", verbesserte der Büttel.

„Von Bensheim", wiederholte Tarnus, „und das Schiff ist die Gelbe Drohne. Und was meine Schauermannstätigkeit angeht, ich bin Lademeister. Nicht Kisten schleppen, sondern sagen, wo jede Kiste hinkommt. Das muss man können. Sonst kippt der Kahn nämlich um." Alles war nur so daher gesagt, doch der Büttel schien Tarnus zu glauben.

„Und was machst du dann zusammen mit deinem Freund?"

„Na, ein Schlückchen trinken und so weiter", antwortete Tarnus.

„Und so weiter", grinste der Büttel verächtlich. „Eines sage ich dir." Er wies Richtung Reichenstraße. „Nicht da vorne hin. Das, was ihr beide sucht, das liegt auf dem Kattrepel."

„Kattrepel, schon mal davon gehört." Tarnus grinste zurück.
„Vielen Dank." Dann sah er, wie Geerd auf ihn zukam und löste
sich von dem Büttel. „Da kommt mein Freund, ich muss los."

Tarnus ging auf Geerd zu. „Da war ein Büttel, den musste ich
loswerden.
„Schon gesehen", antwortete Geerd. „Gehen wir ein Stück."
„Ich bringe dich jetzt zu eurem Haus unter der alten Stadtmauer
und zu erzählst", meinte Tarnus.
„Das werde ich wohl nicht tun", sagte Geerd. „Das letzte Mal
habt ihr meine Wiebke dorthin gebracht und auf dem Rückweg
einen über den Dassel gekriegt. Also bringe ich euch jetzt zum
Kattrepel. Kein Widerspruch. Das bin ich euch schuldig. Doch
jetzt zu Hubertus van Boeningen: Ich habe gesehen und gehört,
wie sich dieses Schwein mit Schauerleuten getroffen hat. Die
sind dabei, die Ladung, die eigentlich für die Gelbe Drohne
bestimmt war, auf die Willem II zu bringen. Und dann hat er
sich in ein Ruderboot gesetzt, um auf der Willem II nach dem
Rechten zu sehen."
„Langsam, Geerd, bitte ganz von vorne."
„Also, die Gelbe Drohne liegt seit ihrer Jungfernfahrt im Hafen.
Es ging darum, die Takelage zu verbessern. Speziell ging es
darum, die Vorsegel, also die Segel zwischen Bug und Mast so
abzuändern, dass das Schiff noch besser zu manövrieren ist.
Also dreieckig statt viereckig und so weiter. Das ist gelungen.
Den Schiffsbauer hat der Herr von Bensheim extra aus den
Niederlanden kommen lassen, aber ich als Schiemannsmaat bin
natürlich auch gefragt worden."
„Weiter", drängte Tarnus.
„Nun, das Schiff ist jetzt fertig und war eigentlich schon
beladen. Wir sollten bald wieder auf große Fahrt gehen, und
zwar auf Flandernfahrt."

„Flandernfahrt?", entfuhr es Tarnus. „Aus Flandern, genauer gesagt, aus Brügge, kommt doch dieser Hubertus."

„Ja, genau", sagte Geerd. „Aber jetzt wird es verworren. Heute Morgen hat der Schiffsherr, Herr Jan Spillhuis, nach mir schicken lassen. Er hatte von Hubertus van Boeningen die Order erhalten, dass er nicht mehr auf Flandernfahrt gehen soll, sondern dass er sich für die Bergenfahrt rüsten soll."

„Bergenfahrt – Flandernfahrt. Das liegt doch ein wenig auseinander", warf Tarnus ein.

„Das will ich wohl meinen!" Geerd haute sich auf sein Wams. „Da klaut dieser Hubertus dem Herrn von Bensheim die Ware, die für die Gelbe Drohne bestimmt ist, und lässt sie auf die Willem II verladen. Dieses Schiff lässt er nach Brügge fahren, da, wo er selbst herkommt. Und uns schiebt er ab nach Bergen. Ein bisschen Salz gegen Hering. Das sieht nicht gut aus. Das ist Kaperfahrt ohne Piraten!"

Die beiden Männer bogen wortlos auf dem Kattrepel in die Straße ein, in der Tarnus seinen Laden hatte. Da blieb Geerd stehen. „Meister Tarnus, ihr sagt ja gar nichts."

„Ich bin ich Gedanken", antwortete Tarnus.

„Ihr könnt es, ich habe es von Wiebke gehört: Stoppt diesen Mann!"

„Ich habe es noch nicht erzählt", sagte jetzt Tarnus. „Weißt du eigentlich, dass Carl von Bensheim unter fadenscheinigen Gründen weggeschafft worden ist?"

„Auch von diesem Menschen?" Geerd war empört.

„Es sieht so aus." Tarnus nickte. „Wie es scheint, haben wir es mit einem ideenreichen und listigen Gegner zu tun. Da muss man hellwach bleiben und keine Schnellschüsse machen. Geerd, ich danke dir, dass du mich nach Hause gebracht hast. Ich werde mich jetzt aufs Ohr legen und morgen früh weitermachen."

„Wahrscheinlich habt ihr recht." Geerd verabschiedete sich.

Tarnus ging zu seinem Laden und schloss auf. Eine kleine Tranlampe brannte noch. Tarnus löschte sie. Dann ging er in seine Kammer. Er hörte gleichmäßige Atemzüge und legte sich neben Hiltrud. „Hast du deinen Arm eingebüßt?", hörte er. „Nein." Tarnus legte seinen Arm um Hiltrud. „Aber ich warne dich. Wenn ich nachts maunze, dann hörst du das."

„Die Kater auf dem Kattrepel maunzen die ganze Nacht, wusstest du das, Erik?"

„Darauf habe ich bisher nicht geachtet", sagte Tarnus, „ich werde mal meine Ohren aufstellen." Doch bald darauf war er eingeschlafen.

VIII

Ein paar Löffel Brei, darauf hatte Hiltrud bestanden, ein Kuss, der länger gedauert hatte als der Brei – und schon war Tarnus wieder unterwegs. Einerseits musste er Eike von Bensheim und seinen Schreiber unterrichten und bei Hannes dem Bader Informationen einholen, andererseits wollte er ja auch seine eigentliche Spähertätigkeit ausüben, also herausfinden, wohin Carl von Bensheim gebracht worden war und warum die Waren von der Gelben Drohne auf die Willem II umgeladen worden waren. Und dazu musste er noch den Mann beobachten, der all diese Dinge initiiert hatte: Hubertus van Boeningen.

Tarnus genoss die kühle Morgenluft, sie brachte ihn auf andere Gedanken. Aber einen so verzwickten und vielschichtigen Fall hatte er bisher noch nicht zu lösen gehabt. Da musste er ganz klar im Kopf sein und durfte sich nicht verzetteln. Tarnus ging weiter. Bald befand er sich vor dem Haus des Eike von Bensheim. Die Magd, die ihm geöffnet hatte, ließ ihn durch und wenig später stand er vor dem Hausherrn. Der hatte hinter seinem Schreibpult Stellung genommen. „Nun, Tarnus, berichtet", sagte er und Tarnus berichtete, was er an Neuigkeiten herausgefunden hatte, während Justus der Schreiber dem Bericht aufmerksam folgte.
„Ich weiß eigentlich nicht, ob die Geschichte mit der Gelben Drohne zu meinem Auftrag gehört", meinte Tarnus abschließend.
„Durchaus", antwortete Eike von Bensheim. „Alles, was dieser Wahnsinnige sonst noch treibt, ist von Bedeutung. Forscht nach, was es mit dem Verbleib meines Vetters auf sich hat, und sucht nach den Hintergründen, welche die Gelbe Drohne betreffen."

„Ich war bei Heinrich Curtius", mischte sich jetzt der Schreiber ein, „dem Vertreter eures Vetters beim Hohen Rat."

„Und?", fragte Eike von Bensheim.

„Ich bin bis jetzt noch nicht dazu gekommen, über diese Angelegenheit zu berichten. Der Ratsherr Curtius sah das Ganze gelassen. ‚Wenn ein Medicus meint, er müsse einen Patienten abschirmen, so ist das im Sinne des Patienten gedacht', sagte er noch zu mir. ‚Ein jeder Medicus hat eine andere Arbeitsweise.' Nun, ich habe mich höflich verabschiedet. Aber das sage ich euch: Vom Hohen Rat bekommen wir keine Unterstützung."

Eike von Bensheim nickte. „Das ist mir klar. Heinrich Curtius hat ohne großes Aufheben die Vertretung für meinen Vetter übernommen. Das gibt ihm die Chance, auch einmal Gerichtsherr zu werden, aber mehr Einsatz wird er nicht zeigen."

„Was ist denn eigentlich, wenn ein Handelsherr ausfällt?", wollte Tarnus wissen. „Wer darf ihn dann vertreten?"

„Das ist so", mischte sich Justus der Schreiber ein. „Wenn ein Handelsherr auf großer Fahrt ist, dann kann natürlich sein Kontorvorsteher seine Interessen wahrnehmen oder ein anderer Mann, der in einem vergleichbaren Amt steht."

„Sollte ich also ausfallen, dann könnte Justus, meine rechte Hand, statt meiner Entscheidungen treffen", ergänzte Eike von Bensheim. Er klang nicht so abgehackt wie bei ihrem ersten Treffen. Offensichtlich hatte Eike von Bensheim sein Tag mit Wein und Laute gutgetan. „Und wenn Hubertus van Boeningen als potentieller Adoptivsohn und Mitglied des Hausstandes die Vertretung übernimmt, wird da niemand Klage erheben können." Eike von Bensheim stockte. Er hielt sich an seinem Schreibpult so fest, dass die Fingerknöchel weiß hervortraten. Dann fuhr er fort: „Ich bin aufgebracht und ungehalten, aber ich werde mich nicht gehen lassen. Deswegen jetzt zum

Praktischen: Ich denke, ihr, Tarnus, übernehmt die großen Schiffe. Und du, Justus, übernimmst die Flussschiffe. Fragt herum, erkundigt euch, sucht."

Tarnus war auf dem Weg zu Hannes dem Bader. Er schüttelte den Kopf. Nein, das war nicht sein Ding. Im Grunde war er es leid, ständig zu reden oder Bericht zu erstatten, anstatt in gewohnter Weise seiner Spähertätigkeit nachzugehen. Bisher war es in der Regel so gewesen: Er bekam einen Auftrag und dann zog er los, bis er den Fall gelöst hatte. Sicherlich ab und zu mal eine Rückfrage, das Einholen von Informationen, gerne auch bei Hannes, aber ansonsten war er bei einem Auftrag am liebsten der einsame Wolf.

Hannes hatte sich einen Augenblick Zeit genommen. Die beiden Männer saßen in einer von Hannes' Badestuben und Tarnus hatte den aktuellen Stand bezüglich Bensheim und Gelbe Drohne kurz skizziert. „Hannes, ich habe dazu einige Fragen und sie schon vorab im Kopf formuliert, damit es schnell geht."
Hannes lachte. „Dann sind wir ja so schnell fertig, dass du dein Bier nicht mehr austrinken kannst."
„Ich habe gerade deiner Magd gesagt, dass ich kein Bier trinken möchte."
„Aber ich habe zwei Bier für uns bestellt."
„Seit wann trinkst du Bier, wenn du im Dienst bist?" Tarnus war erstaunt.
Eine Magd trat ein und stellte zwei gut geschenkte Krüge mit Bier auf einen kleinen Tisch. „Wohlsein."
Hannes dankte, dann wartete er, bis die Magd den Raum wieder verlassen hatte. „Zwei wirklich gut gelungene Entbindungen heute, einige Hausbesuche, mehrere Aderlässe – das reicht. Und jetzt sitzen noch einige Menschen in der großen Stube und

lassen es sich gutgehen. Ich habe alle begrüßt, aber bewirtet werden sie jetzt von den Mägden. Dann auf dein Wohl." Hannes hob seinen Krug.

„Auf dein Wohl." Tarnus hob seinen Krug und trank daraus. Dann beschrieb er den Medicus, der Carl von Bensheim angeblich in seine Obhut genommen hatte. „Kennst du hier in Hamburg einen solchen Medicus?"

Hannes schüttelte den Kopf. „Die Medici hier in Hamburg kenne ich sämtlich. Aber da ist keiner dabei, der den eitlen Gockel gibt. Das sind alles durchgeistigte Herren, die Folianten studieren und ihre Gelehrtenhaube spazieren führen. Aber sag mal, warum weißt du noch nicht einmal den Namen des gesuchten Medicus?"

„Du hast recht, das ist wirklich peinlich."

„Ich wollte dich nicht kränken, überhaupt nicht." Hannes wurde nachdenklich und trank einen Schluck. „Aber da ist noch etwas anderes, über das ich nachgedacht habe. Du fragtest mich neulich, ob denn der Ort, an dem man eine Krankheit behandele, eine Rolle spiele. Und da antwortete ich klar und deutlich mit dem Wort ‚Quatsch!' Das muss man aber vielleicht doch nicht ganz so einseitig sehen."

„Was meinst du damit?"

„Manchmal urteilt man vorschnell." Hannes sah Tarnus an. „Aber ich habe mich erinnert. Es gab mal ganz früher bei den Griechen einen Mann, der hieß Hippokrates, sagen wir mal, der Vorläufer oder Urvater von unserem Medicus. Der hat über die Thalassotherapie etwas geschrieben."

„Was ist das denn?", fragte Tarnus erstaunt.

„Dabei geht es um die Heilkräfte des Meeres, also in erster Linie um das Meerwasser, die Meeresluft, den Schlick, den Sand und die Algen."

„Und das soll helfen?", fragte Tarnus ungläubig.

„Hippokrates hat daran geglaubt. Er hat dem Meer heilende Kräfte auf Gliederschmerzen, Stickhusten oder Frauenleiden zugeschrieben. Warte mal ab, vielleicht errichtet man ja mal irgendwann auf Föhr oder auf Amrum eine Erholungs- und Heilungsstätte für wohlhabende Handelsherren oder ihre Frauen. Solch etwas wäre dann etwas ganz anderes als unsere Siechenhäuser, in der die Sterbenden unter dem Namen ‚Unserer lieben Frau' oder ähnlich gepflegt werden. Doch vielleicht fabuliere oder spintisiere ich ja auch nur."

„Hannes, du willst mir helfen. Aber könnte es so etwas geben?"

„Ich wüsste nicht." Hannes schüttelte den Kopf. „Vergiss es, Tarnus. Ich bin über Hippokrates auf eine Fantasterei gekommen. Ich glaube, jetzt ist es für dich an der Zeit zu gehen. Du hast einen komplizierten Fall zu lösen und nun verkompliziere ich ihn noch obendrein."

Nachdenklich verließ Tarnus Hannes' Badestube. Hannes, dieser einfache baltische Bader, hatte unglaublich profunde Kenntnisse und konnte Zusammenhänge durchschauen. Aber vielleicht ging ihm wirklich in diesem Fall seine Fantasie durch. Die Heilkräfte des Meeres und Bensheims Entführung – das passte im Augenblick nicht zusammen. Es musste konkreter und handfester werden. Am nächsten Tag würde er Hiltrud bitten, noch einmal einen Gang in die Reichenstraße zu machen. Es musste doch möglich sein, etwas über diesen Medicus herauszubekommen, und wenn es nur sein Name war. Und er selbst würde Geerd ansprechen und mit ihm einmal die großen Schiffe abklappern, die im Hafen lagen.

IX

Tarnus mühte sich zu seinem Laden auf dem Kattrepel. Er klopfte kurz, dann zog er die Tür auf. „Hiltrud?"

„Ich bin ich der Küche", hörte er dann.

Tarnus ging in die Küche und zog sich einen Stuhl heran. „Erst mal sitzen."

„Erik, was ist mit dir? Du siehst abgearbeitet aus. Aber wie riechst du denn? Das kann nicht vom Bier kommen."

„Genever", murmelte Tarnus. „Nichts mehr für mich." Er schüttelte die Kanne, die auf dem Küchentisch stand. „Da ist ja noch einiges drin."

„Aber nicht für dich, Roberecht Erik Tarnus. Du hast genug. Kannst du denn noch sprechen und sagen, was du herausgefunden hast?" Hiltrud öffnete die Kanne und goss sich Bier in einen Krug.

„Na gut", seufzte Tarnus. „Ich werde berichten. Der Reihe nach?"

„Kurz und knapp. Dann bin ich dran." Hiltrud nippte an ihrem Bier.

„Also", begann Tarnus, „Erst mal bin ich zu Wiebke und habe Geerd abgeholt."

„Ist das wichtig?"

„In gewisser Weise schon. Wiebke hatte auf zwei Arbeitsjacken das Emblem mit der Gelben Drohne eingestickt. Das sähe offizieller aus, meinte sie. Geerd und ich sind dann zur Gelben Drohne herübergerudert. Da waren die Schauerleute schon dabei, für die Bergenfahrt zu laden. Lüneburger Salz, Holz und Glas für Bergen. Zurück wohl Klipp- und Stockfisch und ein bisschen Erz. Das hatten die Schauerleute aufgeschnappt, als Hubertus van Boeningen auf dem Schiff erschienen war. Geerd erzählte mir, dass sein Schiffsherr, dieser Jan Spillhuis, empört

80

gewesen wäre. Einfach so die Route zu ändern, das hätte er in seiner langen Laufbahn noch nicht erlebt. Nun, wir haben uns auf der Gelben Drohne umgesehen. Da war schon viel gestapelt und Geerd fand es in Ordnung. Weißt du, für die Bergenfahrt muss man noch sorgfältiger stapeln als zum Beispiel für die Flandernfahrt und das Schiff auch irgendwie anders trimmen."

„Weiter", mahnte Hiltrud. „Alles erzählen, bevor du einschläfst."

„Dann ruderten wir an der Willem II vorbei. Da stand ein Teil der Mannschaft an der Reling und sah uns mit unseren Jacken. Erst die Frage, was das für ein Wappen sei. Als sie dann hörten, dass wir zu der Gelben Drohne gehörten, kamen dann derbe Scherzworte. ‚Bleibt zu Hause, das machen wir schon, Segeln können wir Holländer am besten', und so weiter. Ich konnte Geerd, der natürlich zu Anfang sauer war, beruhigen. Und als dann so eine harmlose Frotzelei begann, bedeutete uns einer von der Mannschaft, wahrscheinlich auch solch ein Schiemannsmaat wie Geerd, wir sollten an Bord kommen. Wir sind also die Strickleiter hoch und dann man bot uns Genever an." Tarnus schüttelte sich. „Den Genever trinken die Holländer von Zinnlöffeln."

„Davon habe ich schon gehört", warf Hiltrud ein. „Aber es waren wohl mehrere Löffel. Erik, ich denke, du riechst wie einige Leute, die Gilgs Schankhaus verlassen."

„War schon hart", sagte Tarnus. „Nun, Geerd konnte sich in einer ruhigen Minute davonstehlen und die Kajüten des Schiffsherrn und des Steuermannes inspizieren. Aber da war nichts, was auf einen weiteren Gast wie zum Beispiel Bensheim hindeutete."

„Weiter", drängte Hiltrud.

„Wir haben noch mehr erfahren. Dieser Hubertus van Boeningen hat nach seiner eigenen Weisheit die Schiffe beladen und dazu hat er wohl auch das Recht: Bei der Gelben

Drohne, die Carl von Bensheim gehört, handelt er in dessen Auftrag. Und die Willem II gehört einem Konsortium, zu dem auch die Familie van Boeningen gehört. Und so hat dieser Hubertus die Fracht der Gelben Drohne auf die Willem II umladen lassen. Und dazu noch hat er eigenmächtig für die Bergenfahrt Waren aus den bensheimschen Lagerhäusern genommen. Natürlich haben wir auch erfahren, dass die Willem II eines der größten Schiffe ist, die es gibt, ein richtiges Dickschiff, ganz so viel kann die Gelbe Drohne nicht laden. Dafür ist sie seetauglicher. Aber der geringe Größenunterschied dieser beiden Schiffe rechtfertigt doch nicht die Aktionen dieses Hubertus."

„Auf keinen Fall." Hiltrud trank aus ihrem Krug.

„Ich komme zum Schluss." Tarnus stand auf und holte sich aus einer anderen Kanne einen Schluck Dünnbier. „Am Ende, beim letzten Genever, kamen die Herren von der Willem II dann damit heraus: Sie wollten auch so eine Stickerei auf ihren Sachen, einen flandrischen Löwen zum Beispiel oder den Löwen von Brügge. Ich habe sie zum Glück vertrösten können. Sollten sie das nächste Mal in Hamburg weilen, würde ich ihnen durch meine Magd ein Wappen ihrer Wahl einsticken lassen."

„Fertig?", fragte Hiltrud.

„Fertig", antwortete Tarnus.

„Ich bin also zu dem Haus des Carl von Bensheim gegangen mit der Absicht, irgendeine Magd, sei es die Lina oder die Grete, wenn sie denn das Haus verließe, auszufragen. Aber auf dem Weg kamen mir ein paar Fragen."

„Welche?", fragte Tarnus.

„Ganz einfach: Dieser Hubertus van Boeningen ist ja aus Brügge gekommen und hatte diesen Medicus offensichtlich noch nicht dabei. Da konnte er von der Erkrankung seines Oheims noch nichts wissen."

„Und weiter?" Tarnus fühlte, wie sich seine Genever-Nebel verzogen.

„Nach dem Medicus musste man geschickt haben und ihn womöglich auch abgeholt haben. Und der Medicus hat womöglich Carl von Bensheim mit sich genommen. So etwas muss Spuren hinterlassen, hier ein Gespräch, dort eine Sänfte, vielleicht noch ein Schiff. Da gibt es Menschen, die geholfen haben, die mitgemacht haben. Und übrigens – dieser Medicus muss schnell geholt worden sein, sagen wir mal, innerhalb von ein oder zwei Tagen. Das dürfte fünfzig Hamburger Meilen nicht übersteigen."

„Weiter." Tarnus trank noch einen Schluck Dünnbier.

„Und dann überlegte ich mir, woher denn so ein Medicus das Geld für eine derartig teure Kleidung wie gefärbte Pumphosen oder Schnabelschuhe erwirtschaften kann. Das kann nur in einer Gegend sein, in der genügend wohlhabende Leute wohnen, also Hamburg …"

„In Hamburg nicht", sagte Tarnus. „Hannes kennt keinen Medicus dieser Art in der Stadt."

„Bremen …"

„Vielleicht", meinte Tarnus.

„Lübeck …"

„Zu weit", sagte Tarnus. „Lübeck auf dem Landweg, das geht nicht so schnell."

„Lüneburg."

„Lüneburg." Tarnus wiegte den Kopf. „Lüneburg: Die Stadt ist arm. Aber die Pfaffen und die Salzsieder sind reich."

„Nun, weiter. Ich traf Lina vor der Tür auf einem Gang."

„Ganz zufällig?"

„Na ja", antwortete Hiltrud, „nicht ganz. Aber das tut nichts zur Sache. Ich konnte aus ihr herausbekommen, dass sie Hubertus van Boeningen auf einen seiner Kittel das Wappen Hamburgs einsticken musste – genauso wie bei seinem Oheim."

„Dann trug er gestern nicht den Hauskittel von Bensheim, sondern seinen eigenen und neu bestickten. Diese Lina muss das wohl besorgt haben."

„Genauso war es", sagte Hiltrud. „Im Übrigen: Er benimmt sich ziemlich herrisch in diesem Haus. Als Lina ihm ihre Stickerei präsentierte, hatte er zu mäkeln. Er hat diese Lina ziemlich hergenommen und sie fast höhnisch gefragt, ob eine derartige Liederlichkeit im Hause Bensheim üblich sei."

„Und dieser Medicus?", fragte Tarnus. Seine vorübergehende Wachheit war vergangen. Er wollte nur noch ins Bett.

„Ich bin noch nicht fertig."

„Hiltrud, ich bin todmüde."

„Ich bin es auch. Aber höre es dir noch an. Trink einen Schluck von dem Exportbier, aber nur einen."

„In Ordnung." Tarnus trank einen Schluck Bier aus Hiltruds Krug.

„Diese Magd konnte sich an Folgendes erinnern: Als Hubertus van Boeningen nach dem Medicus schicken wollte, wäre das Wort ,Ewer' gefallen. Und dazu noch ein Name. Die Magd wusste sich zu erinnern, dass etwas wie ,Fower Bardo' gesagt worden wäre."

„Fower Bardo und Ewer." Tarnus gähnte.

„Als ich dann zu Eike von Bensheim und seinem Schreiber, diesem Justus, ging, wurde die Angelegenheit etwas klarer."

„Was?" Tarnus streckte sich. „Du warst bei Eike von Bensheim?"

„Es war nicht ganz leicht, mir zu diesem Hause Zutritt zu verschaffen", antwortete Hiltrud. „Doch als ich erst einmal drin war, gelang es, mir auch bei Eike von Bensheim Gehör zu verschaffen. Ich trug das, was ich dir erzählt habe, kurz vor, dann sagte schon der Schreiber, dieser Justus, dass er sich an eine Angelegenheit erinnere. Er überlegte einige Zeit, dann kam er darauf: Da hätte es einmal hier in Hamburg einen Medicus gegeben, der von Berufskollegen der Scharlatanerei verdächtigt worden sei. Er hatte wohl neue Therapiekonzepte einführen wollen. Aus der Sache sei nichts geworden, man hätte keine Schuld feststellen können, doch dieser Medicus hätte es vorgezogen, die Stadt zu verlassen, weil es ihm danach an Patienten gemangelt hätte."

„Wo war das und wohin ist er gegangen?", wollte Tarnus wissen.

„Das wusste Justus auch nicht mehr. Aber er konnte aus diesem ‚Fower Bardo', den tatsächlichen Namen dieses Medicus herleiten: Florentinus von Bardowick."

„Lüneburg", sagte Tarnus spontan. „Lüneburg hat Bardowick das Wasser abgegraben. Erst hat Bardowick die Lüneburger Salzsieder drangsaliert, indem es für diese ein Stapelrecht eingeführt hat. Dann haben die Lüneburger den Spieß umgedreht und einen Fluss schiffbar gemacht, die Ilmenau. Und so fahren sie jetzt um Bardowick herum und Bardowick guckt in die Röhre. Wie auf dem Gnadenwege haben die Lüneburger Bardowick ihre eigene Leproserie überlassen." Tarnus stutzte. „Ich glaube, ich rede irre. Das, was ich gesagt habe, passt doch nicht. Das muss vom Genever kommen."

Hiltrud widersprach: „So ganz liegst du nicht daneben. Justus hat sich gleich auf den Weg nach Lüneburg gemacht. Mit Eike von Bensheims schnellstem Ewer ist er auf dem Weg zur Mündung der Ilmenau in die Elbe, dorthin, wo das Salz aus Lüneburg umgeladen wird. Und dann will er sehen, was sich ergibt: Vielleicht kommt er ja mit Treidelknechten ins Gespräch und erfährt etwas über Carl von Bensheim. Und dann zu Pferd oder per Kutsche nach Lüneburg, um dort nach diesem Medicus zu suchen. Und wenn er da nicht fündig wird, will er nach Bardowick. Sag mal, Erik, hörst du überhaupt noch zu?"

„Ich habe alles mitbekommen", antwortete Tarnus. Doch dann legte er seinen Kopf auf die Arme und schlief ein.

Am nächsten Morgen ging es Tarnus besser als befürchtet. Gut, er hatte eine Stunde länger als sonst geschlafen, aber die Kopfschmerzen, die er eigentlich erwartet hatte, waren ausgeblieben. Der Genever der holländischen Seeleute war offensichtlich von bester Qualität. „Was machst du heute?", fragte er Hiltrud, die ihm den Frühstücksbrei zubereitet hatte.

„Spähen", antwortete diese. „Ich treibe mich ein wenig in der Reichenstraße herum. Vielleicht braucht ja der eine oder andere Herr eine neue Magd. Ich denke da besonders an den hochwohlgeborenen Herrn van Boeningen."

„Hiltrud, das willst du wirklich tun?"

„Warum nicht?", gab Hiltrud zurück. „Zu Anfang hatte ich Vorbehalte gegen eine so große Stadt wie Hamburg, doch langsam werde ich neugierig. Besonders und spannend finde ich unseren neuen Fall. Und was machst du?"

„Nachdem ich gestern wohl einiges geredet habe, was dem Genever geschuldet war, will ich weiter nachforschen."

„Du hast ganz kontrolliert gesprochen." Hiltrud strich Tarnus über die Wange. „Ich fand es sogar gut: Da gibt man dir das Stichwort ‚Bardowick', und schon sprudelt es aus dir heraus, selbst nach zahlreichen Genevern. Aber sag, was genau hast du vor?"

„Noch mal zum Hafen, herumfragen, ob irgendjemand etwas von dem Transport eines Kranken weiß. Wir müssen sichergehen, dass wir mit Florentinus von Bardowick und Lüneburg nicht auf die falsche Fährte geführt worden sind." Tarnus gab Hiltrud einen Kuss. „Soll ich dich in die Reichenstraße begleiten?"

„Musst du nicht."

„Mach ich aber gerne", sagte Tarnus.

„Dann mach lieber deine Arbeit. Wo ist übrigens die Jacke, in die Wiebke das Wappen der Gelben Drohne eingestickt hat?" Hiltrud blieb stehen.

„Die habe ich bei Wiebke gelassen und gegen meine eigene Jacke eingetauscht. Warum fragst du das, Hiltrud?"

„Ich möchte dich gerne mal in der Uniform der Gelben Drohne sehen." Hiltrud lachte. „Erik, das kann ich mir gar nicht vorstellen. Du und deine Unabhängigkeit."

„Habe ich jemals davon gesprochen?"

„Erik, das merkt man doch. So, ich muss spähen. Wir sehen uns später." Hiltrud wandte sich zum Gehen.

Tarnus ging zum Hafen. In einem bestimmten Bereich lagen die kleineren Boote, sämtlich Flachbodenschiffe und in der Regel als Ewer getakelt. Tarnus hielt Ausschau nach dem Ewer, der von Frietz gesegelt wurde, wohl aber Gilg und einigen Konsortialkollegen gehörte, doch dieses Boot konnte er nicht erkennen. „Hei", rief Tarnus einem Schiffer zu, der sein Boot gerade mit Wasser und einem Aufnehmer reinigte. „Frietz gesehen?"

„Frietz ist nach Wedel."

„Wann kommt er wieder?", fragte Tarnus.

„Weiß nicht, vielleicht in ein oder zwei Tagen."

Tarnus bedankte sich, doch dann hörte er etwas weiter entfernt laute Worte.

„Wo bleibt mein Geld?"

„Du hast dein Geld bekommen."

„Ja, schon, aber was ist mit der Prämie?"

„Die hast du dir nicht verdient."

„Habe ich schon, aber was kann ich dafür, wenn Nebel herrscht."

Das Wortgefecht ging weiter. Tarnus versuchte, sich diesem Ort zu nähern. Dann sah er, wie ein Mann sich hastig entfernte, ein Mann, der eilig ging, dazu noch mit wippendem Schritt – das musste Hubertus van Boeningen sein! Tarnus ging weiter. Ein Ewer hatte da festgemacht, einer von den Ewern, die nicht mehr im allerbesten Zustand waren. Aber die Takelage war etwas Besonderes: Da gab es hinter dem Hauptmast noch einen zweiten, etwas kleineren Mast, der zusätzliche Geschwindigkeit und Wendigkeit versprach. „Ärger?", fragte Tarnus den Schiffer dieses Ewers.

„Hat eine Fuhre bestellt, aber nicht vollständig bezahlt." Dem Schiffer war der Ärger anzusehen.

Tarnus wollte die Gunst der Stunde nutzen. Im ersten Ärger redeten die Menschen gerne etwas mehr als sonst. „Nach Wedel gefahren und zurück ohne vollständige Löhnung?"

„Woher Wedel?" Der Mann ruderte mit einem Arm durch die Luft. „Viel weiter und in eine ganz andere Richtung, sagen wir mal Richtung Lauenburg."

„Lauenburg ist weit." Tarnus nickte anerkennend. „Aber dann wohin mit der Fuhre? Durch den Stechnitzkanal nach Lübeck oder durch die Ilmenau nach Lüneburg?"

„Keine Ahnung", war die Antwort.

Tarnus wollte die Chance, weitere Informationen zu bekommen, nicht verpassen. „Wie viel schuldet der Mann dir?"

„Drei Witten", kam es zurück.

„Drei Silberlinge sind viel Geld", meinte Tarnus. „Für weitere Informationen könnte ich mich erkenntlich zeigen. Sagen wir mal, eine Witte von mir."

„Drei", beharrte der Mann.

„Zwei", bot Tarnus an.

Der Mann war verbohrt.

„Hast du schon etwas gegessen?", fragte Tarnus.

„Nö."

„Dann machen wir es so: Du bekommest zwei Witten und dann gehen wir hinüber zu einer der Garküchen. Die müssten schon geöffnet haben. Was willst du, Lachs oder Kabeljau?"

„Na, Lachs natürlich."

„Dann musst du aber mitkommen." Tarnus zog seinen Säckel heraus und öffnete ihn. „Zwei Witten erst mal auf die Kralle. Dann die Informationen und dann der Lachs. Und wenn du mich bescheißen willst, ich kenne da ein paar kräftige Männer."

„So, wen oder was hast du gefahren?" Tarnus stand mit dem Schiffer, der Hans hieß, an einem Brettertisch, der zu einer Garküche gehörte.

„Na, da war wohl ein älterer Herr an Bord, der aber die ganze Zeit nichts gesagt hat. Außerdem war er in Decken gehüllt und hat die meiste Zeit geschlafen. Und sein Begleiter, der recht modern gekleidet war, hat ab und zu nach ihm gesehen."

„Weiter", drängte Tarnus und versuchte, daran vorbeizusehen, wie Hans seinen Lachs verzehrte. Es war kein appetitlicher Anblick. Speichel floss ihm aus den Mundwinkeln und ein schmatzendes Geräusch war nicht zu überhören.

„Du weißt doch, dass ein Ewer ein Ein-Mann-Boot ist?", fragte Hans mit vollem Mund.

„Klar." Tarnus nickte bestätigend.

„Aber ein Besanewer wie der meine, das ist eine andere Nummer. Wenn du den allein segeln willst, das musst du können. Da kannst du nicht immer auf deine Passagiere achten, du musst ständig aufpassen. Aber ich habe ein schnelles Boot und ich kann so etwas." Hans schlug sich auf die Brust und steckte sich das letzte Stück Lachs in den Mund.

„Wer war der Auftraggeber?", fragte Tarnus. Doch dann fiel ihm ein, dass Hubertus van Boeningen mit Sicherheit im Spiel gewesen war. „Ich nehme mal an, der Mann, der dir das Geld schuldig geblieben ist."

„Genau." Hans nickte. „In erster Linie sollte es schnell gehen. Und dann sollte ich nicht darüber sprechen. So war es abgemacht. Sofort zurück und nicht gesehen werden, hieß es, dann winkten mir noch drei Witten."

Tarnus blickte auf seinen Lachs, von dem er so gut wie noch nichts gegessen hatte. „Sag mal, kannst du mir helfen? Ich bin eigentlich noch satt vom Frühstück."

„Gerne, gib es schon her." Der Schiffer Hans hatte offensichtlich schon über längere Zeit keine Mahlzeit mehr eingenommen.

„Wohin?", fragte Tarnus.

„Der Lachs ist gut", hörte er undeutlich. „Ich sage es dir: Ich habe meine Passagiere an der Mündung der Ilmenau abgesetzt. Da ist ein kleiner Hafen."

„Für die beiden war also das Ziel Lüneburg?", vergewisserte sich Tarnus.

„Wohin denn sonst?", kam es zurück.

„Und was war mit deiner Verspätung? Gerade hörte ich, dass es Nebel gab."

„Ein wenig geflunkert." Hans beschäftigte sich dem Lachs. Dann hatte er ihn verzehrt. Er erleichterte sich durch zartes Aufstoßen. „Du musst wissen: Alle handeln mit Salz aus der Lüneburger Saline. Und Lüneburg zieht seinen Honig daraus. Und Lüneburg kann es gut mit Hamburg. Und Lüneburg kann es gut mit Lübeck. Und Lübeck kann es gut mit Hamburg. Und alles ist geregelt. Aber ab und zu eine Fahrt außerhalb des geregelten Bereichs, das muss doch auch mal drin sein."

„Volles Verständnis." Tarnus nickte. „So, ich muss dann mal."

„Klar." Hans haute Tarnus auf die Schulter. „Und wenn du mal etwas wissen willst …"

„Dann komme ich und frage nach Hans mit dem Besanewer", unterbrach Tarnus.

„Hans mit seinem Besanewer", wiederholte Hans. „Solch einen prachten Besan wie bei meinem Boot wünscht man sich bei einer Frau, wenn du verstehst, was ich meine."

„Ich denke schon", meinte Tarnus, „aber Geschmäcker sind eben verschieden." Etwas angewidert wandte er sich ab und ging Richtung Kattrepel. Eines hatte er herausbekommen: Bensheim musste Richtung Lüneburg verbracht worden sein. Dann lag Justus der Schreiber mit seinem Vorhaben wohl richtig. Das war beruhigend. Aber konkrete Ergebnisse hatten sie noch nicht. Das war weniger beruhigend.

X

Krachend fiel eine Hand auf das Schreibpult. Eike von Bensheim erhob seine Stimme. „Was bildet sich dieser Mijnheer eigentlich ein?" Bensheim hielt sich so an seinem Schreibpult fest, dass die Fingerknöchel hervortraten.

Tarnus zuckte zusammen. Da war sie wieder, diese abgehackte, fordernde Sprache, die ihn schon bei seinem ersten Treffen mit dem Handelsherrn so sehr gestört hatte. „Was ist geschehen?", fragte er zurück und versuchte, einen möglichst neutralen Ton zu treffen.

„Hat Mijnheer nicht schon genug angerichtet?", gurgelte Eike von Bensheim. „Erst die Entführung meines Vetters, dann die Angelegenheit mit der Willem II und die Bergenfahrt der Gelben Drohne. Aber jetzt greift er darüber hinaus in die Livlandfahrt ein."

„Was denn genau?", fragte Tarnus.

„Justus!", gebot Eike von Bensheim mit einer Handbewegung. Dann ließ er sein Schreibpult los. Mit milderer Stimme fuhr er fort: „Ich muss mich zurückziehen." Er stockte. „Der Rücken peinigt mich aufs Unerträglichste."

„Das Leiden meines Prinzipals wird durch all diese Dinge, die Hubertus van Boeningen tut, weiter gesteigert", mischte sich jetzt Justus der Schreiber ein. „Bei Aufregung verspannen sich die Rückenmuskeln meines Herrn und wollen das Rückgrat nach hinten ziehen. Aber das ist nach vorne gebogen und unbeweglich. Und dieser Zwiespalt lässt sich nicht lösen."

Tarnus überlegte. Einerseits tat ihm der Mann leid, der vor ihm stand und vom Schmerz gepeinigt wurde. Auf der anderen Seite war es wohl so, dass er immer dann, wenn er in einem solch herrischen Ton angesprochen wurde, mit Unmut und Widerwillen reagierte. Aber das musste er jetzt wegdrücken.

„Justus, euer Schreiber, wird mir gleich berichten, Herr von Bensheim", sagte er. „Und ihr werdet euch jetzt zurückziehen." Es war eine merkwürdige Situation: Eike von Bensheim an seinem Schreibpult stehend, sein Schreiber neben ihm auf einem Stuhl und Tarnus vor den beiden gleichfalls auf einem Stuhl sitzend. Tarnus machte eine Pause. Sollte er jetzt so etwas Persönliches sagen? Dann entschied er sich.

„Ich selbst hatte mal einen Unfall. Da wurde ich von Hannes dem Bader gepflegt. Er hat mich in einen Heilschlaf versetzt. Dieser hat mir geholfen." Tarnus senkte seine Stimme. „Ich will nicht anmaßend sein und euch Vorschläge machen, aber euer Leiden dauert mich."
„Erfüllt eure Aufträge", donnerte jetzt Eike von Bensheim. „Und mischt euch nicht in meine privaten Dinge ein." Dann beugte er sich nach vorn. „Oh, mein Rücken."
„Wenn ihr wollt, geleite ich euch jetzt ins Schlafgemach", mischte sich der Schreiber ein. „Glaubt mir bitte, mein Prinzipal, ich kann nicht gut zusehen, wie euer Leiden euch auffrisst. Ich selbst habe auch schon erwogen, euch derartige Vorschläge zu machen, aber ich habe einfach nicht den Mut gehabt. Jetzt, da Meister Tarnus einen solchen Vorschlag gemacht hat …"
„Du fällst mir in den Rücken", sagte Eike von Bensheim. „Und das im Sinne des Wortes."
„Tarnus hatte seinerzeit schwer gelegen", meinte der Schreiber. „Wie wir gehört haben, so schwer, dass es eigentlich ein Wunder ist, dass er jetzt hier unter uns sein kann." Und zu Tarnus gewandt: „Ich denke, dass ich das so sagen darf."
„Ich hatte mich genau auf diese Situation bezogen", sagte Tarnus jetzt.
Eike von Bensheim wandte sich zum Gehen. Dann schlug er Justus auf die Schulter. „Justus, du treue Seele. Schick nach

diesem Menschen. Vielleicht ein Tag und eine Nacht im Schlaf auf weichem Pfühle und dann ohne Spannung der Muskeln in einen neuen Tag."

Die beiden Männer warteten, bis Eike von Bensheim den Raum verlassen hatte. Dann war Stille, bis endlich Justus der Schreiber das Schweigen durchbrach. „Mein Prinzipal wollte, dass ich euch über die neuesten Taten unseres brüggischen Gastes berichte. Nun – hört. Ihr müsst wissen, dass die Livlandfahrt, so, wie sie durchgeführt wird, nicht allein in hamburgischen Händen liegt. Hier gibt es verschiedene Konsortien, die mit Lübeck gemeinsame Sache machen, indem sie dort Transportkapazitäten anmieten. In diesem Fall ist es ein Konsortium, dem neben Carl von Bensheim und meinem Prinzipal auch noch Malte Weener, Wyard Dhanens und Timotheus van der Breggen angehören. Die lübischen Kaufleute, in diesem Fall die Korporation der Livlandfahrer, haben die Federführung und damit das Sagen und sorgen für den Transport der Waren, deren Be- und Entladung und so weiter. Die hamburgischen Handelsherren stellen sozusagen den Juniorpartner dar."

„Und was hat Hubertus van Boeningen getan?", fragte Tarnus.

„Seht", Justus machte eine weite Handbewegung, „es handelt sich um ein sorgfältig und fein austariertes System, das allen Seiten Vorteile bringen kann. Und van Boeningen wollte dieses System durchbrechen, indem er zum Beispiel versuchen wollte, Handelsrouten zu ändern."

„Hätte er so etwas überhaupt durchsetzen können?", fragte Tarnus.

Justus wiegte den Kopf. „Eher nicht. Aber es ist doch so: Wenn dieser Holländer in unsere hamburgischen Beziehungsgeflechte eingreift oder es versucht, dann besteht die Gefahr, dass sich vieles ändert. Wenn zum Beispiel das Handelshaus des Carl von

Bensheim nicht mehr als solider und verlässlicher Handelspartner wahrgenommen wird, sondern als unsicherer Kandidat, dann ändert sich hier in Hamburg viel. Und wenn Lübeck unser Konsortium, das ich gerade beschrieben habe, nicht mehr als verlässlichen Kooperationspartner ansehen würde, dann geht viel kaputt und Schäden sind zu erwarten. Nun ist in diesem Fall noch nichts passiert. Hubertus van Boeningen hatte Wyard Dhanens aufgesucht und auf einer Änderung der Route des lübischen Handelsschiffes bestanden. Der wiederum hatte sich unter anderem mit Timotheus van der Breggen beraten und natürlich auch die anderen Handelsherren informiert. Zuletzt hatte Dhanens noch einmal mit van Boeningen gesprochen und ihm die Sach- und Rechtslage verdeutlicht."

„Wie ist das Gespräch geendet?", fragte Tarnus.

„Er hat sich fürs Erste gefügt, aber nur widerwillig. An Elan scheint es diesem Holländer nicht zu mangeln. Er fühlt sich wohl als Macher, dem ein ‚pacta sunt servanda' fern ist. Was ihm fehlt, ist Weitblick und eine gewisse Einsichtsfähigkeit in komplizierte Sachverhalte. Und das ist es, was meinen Prinzipal so in Harnisch getrieben hat. Mich übrigens dazu."

„Fürs Erste also erst mal Ruhe?" Tarnus wollte Bestätigung.

Justus nickte. „Fürs Erste wohl. Aber ich sage euch: Dieser Kerl wird keine Ruhe geben."

„Dann wollen wir das Beste hoffen." Tarnus wollte das Gespräch zum Ende bringen. „Also, wir wissen jetzt, dass Carl von Bensheim nach Lüneburg oder Umgebung verbracht worden ist …"

„Richtig", Justus unterbrach. „Ich selbst war leider nicht in der Lage, ihn dort zu finden. Zwei Männer, die mir von einem befreundeten Kontor empfohlen wurden, sind an der Sache dran. Es scheinen mir gute Leute zu sein, die überdies gut in Lüneburg und Umgebung vernetzt sind. Sobald sie

Informationen haben, geht es zu Pferd an die Mündung der Ilmenau. Und dort wartet der schnellste Ewer unserer Flotte. Er ist rund um die Uhr besetzt. Ich denke, Informationen können uns innerhalb von zwölf Stunden erreichen."

„Wie ich schon sagte, werde ich diesen Hubertus van Boeningen als Zielscheibe nehmen. Ich denke, von dem geht die meiste Gefahr aus, nicht nur in Sachen Carl von Bensheim." Tarnus stand auf. „Im Augenblick ist das alles unbefriedigend. Ich hoffe, das ändert sich."

„Das ist ein offenes Wort", antwortete Justus der Schreiber, „aber ich habe ja selbst gesehen, wie es ist, wenn man die Nadel im Heuhaufen sucht. Und nun muss ich wieder ins Tagesgeschäft eintauchen. Ihr wisst, in der Regel sind es geschäftliche Angelegenheiten, aber jetzt geht es erst einmal um meinen Prinzipal." Justus machte eine Pause. „Meister Tarnus, ich bin euch wirklich sehr dankbar, dass ihr vor ihm Behandlungsmöglichkeiten seines Leidens angesprochen habt, auch wenn ihr nicht vom Fach seid, sondern als Patient gesprochen habt. Ob Abhilfe gelingt, weiß keiner. Aber man sollte irgendetwas versuchen, denn so kann es nicht weitergehen. Ich mache mir große Sorgen um meinen Prinzipal, wirklich große Sorgen."

Tarnus trat nachdenklich auf die Straße. Die letzten Worte von Justus dem Schreiber klangen noch nach. Doch dann überlegte er: Am liebsten wäre es ihm gewesen, gleich zum Kattrepel zu gehen, um noch etwas Zeit mit Hiltrud zu verbringen, bevor er sich aufmachte, Hubertus van Boeningen nachzuspähen, zu erkunden, was dieser sonst noch im Schilde führte. Doch dann entschloss er sich, noch auf einen Sprung in Hannes' Badehaus vorbeizuschauen. Vielleicht war Hannes ja noch etwas berichtet worden.

In Hannes' Badehaus war viel Betrieb. Die Magd, die Tarnus bei einem früheren Besuch zu Taavi, dem neuen Gehilfen, geführt hatte, trat auf Tarnus zu. „Meister Tarnus, ihr wollt sicher zu meinem Meister. Ich werde sehen, was ich tun kann. Geht schon einmal in die kleine Stube da vorne."

„Was machen Taavis' Sprachkenntnisse?", fragte Tarnus. „Hast du ihn schon gelehrt, wie man hier in Hamburg spricht?" Die Magd errötete. „Taavi lernt schnell. Wenn er früher gesagt hat ‚bitte kommen', so sagt er jetzt ‚bitte kommen sie mit in die Kammer.'"

„Das finde ich gut", meinte Tarnus, „du scheinst eine gute Lehrmeisterin und Taavi ein guter Schüler zu sein." Doch als er sah, wie die Magd weiter errötete, sagte er: „Dann werde ich mal in die kleine Stube gehen und warten, was sich ergibt."

„Darf ich euch ein frisch gezapftes Bier bringen?", fragte die Magd.

„Danke, im Augenblick nicht, vielleicht ein andermal."

„Wie ihr wollt." Die Magd knickste.

„Tarnus, ganz kurz auf ein knappes Gespräch." Hannes der Bader schlug Tarnus auf die Schulter.

„Ganz kurz und ein knappes Gespräch, das bedeutet zwei Minuten." Tarnus lachte. „Also: Gibt es bei dir etwas Neues in Sachen Carl von Bensheim?"

Hannes schüttelte den Kopf. „Keine Tatsachen. Ich schnappe manchmal etwas von den Gästen auf. Da gibt es zwei Meinungen. Die eine ist, dass Carl von Bensheim an einen sicheren Ort verbracht worden ist, wo er Ruhe hat und sich auskurieren kann. Und dass der Medicus ein guter und sorgfältiger Mann ist. Die andere ist, dass Bensheim entführt worden ist und gefangen gehalten wird und dass das ein Schlag gegen Hamburg ist und so weiter. Also die üblichen Verschwörungstheorien. Aber weißt du, Tarnus, alles ist das übliche Wirtshausgeplapper ohne innere Beteiligung oder Betroffenheit."

„Danke", sagte Tarnus. „Nun zur zweiten Minute. Sag mir, ob ich falsch denke, korrigiere mich, aber hilf mir, einen Widerspruch zu lösen. Wenn Hubertus van Boeningen Carl von Bensheim isoliert, indem er ihn zu einem unbekannten Ort entführt, dann kann er doch gar nicht als Erbe eingesetzt werden. Das geht doch nur, wenn der Erblasser persönlich anwesend ist."

„Ein guter Gedanke", meinte Hannes. „Ich denke, diesem Hubertus scheint das Tagesgeschäft im Hause des Carl von Bensheim wichtiger zu sein als die Bestätigung als offizieller Erbe. In diesem Geschäft geht es doch auch um viel Geld."

„Sehr plausibel." Tarnus nickte. Dann berichtete er so knapp wie möglich über das, was er von Justus dem Schreiber erfahren hatte.

„Du erzähltest, zwei Männer seien in Lüneburg an der Sache dran, zwei Späher so wie du." Hannes schmunzelte. „Wenn das zwei Männer deines Schlages sind, dann wird man bald Klarheit haben."

„Hannes, bisher war ich in keiner Weise erfolgreich."

„Stell dein Licht nicht immer unter den Scheffel", gab Hannes zurück. „Wir halten uns gegenseitig auf dem Laufenden. Tarnus, ich muss weiter."

Tarnus stand vor seinem Laden auf dem Kattrepel. Er freute sich darauf, Hiltrud in den Arm nehmen zu können. Vorsichtig öffnete er die Tür. „Wer da?", kam es von drinnen.

„Ich bin es", rief Tarnus und schloss die Tür hinter sich.

„Das ist ja schön." Hiltrud saß an Tarnus' kleinem Sekretär. Auf diesem lag ein kleines Säckchen. Aber Hiltrud stand sofort auf und bewegte sich auf Tarnus zu. „Erik, ich begann dich schon zu vermissen."

„Ich dich auch." Tarnus nahm Hiltrud in die Arme und gab ihr einen langen Kuss. Dann löste er sich von Hiltrud. „Sag mal, was liegt da für ein Säckchen auf meinem Sekretär?" Entschuldigend fügte er hinzu: „Weißt du, Hiltrud, ich bin Späher und da fällt mir so etwas sofort auf."
„Bei einem Bier erzählen oder beim Essen?", fragte Hiltrud.
„Erst ein großes Bier, dabei erzählen und dann das Essen?"
„Habe ich mir gedacht." Hiltrud ging in die Küche und kam nach kurzer Zeit mit zwei Krügen zurück. „Aus dem Brauhaus von Dörte Hendriksen. Ein einfaches Exportbier, aber lecker. Es passt auch gut zu Buchweizenfladen mit Hering und Dickmilch. Die gibt es aber ein wenig später."
„Was ist in dem Säckchen?", wollte Tarnus wissen.
„Sieh es dir an." Hiltrud öffnete das Säckchen und leerte seinen Inhalt auf dem Sekretär aus. „17 Silberlinge."
„Woher?"
„Das ist eine längere Geschichte." Hiltrud nahm ihren Krug und trank einen Schluck daraus.
„Nun spann mich nicht weiter auf die Folter." Tarnus nahm einen Schluck Bier. „Lecker übrigens, das Bier." Er nahm einen weiteren Schluck.
„Das Geld, diese 17 Silberlinge, stammen vom Hohen Rat der Stadt Hamburg. Es handelt sich um eine geldentgeltliche Entschädigung für Sachleistungen." Hiltrud schmunzelte. „Der Hohe Ratsherr Heinrich Curtius hat es mir übergeben."
„Das ist mir zu ungenau." Tarnus nahm einen weiteren Schluck. „Also der Reihe nach. Heute Mittag bollerte es an der Tür. Ich öffnete. Da stand ein Büttel vor der Tür und fragte barsch nach Roberecht Erik Tarnus. Ich sagte, Meister Tarnus mache Erledigungen, aber ich hätte Einblick in sein Tun und könnte gern behilflich sein. Da sagte der Büttel, dass dieser Tarnus beim Hohen Rat vorgeladen worden sei und er ihn jetzt abholen solle. Ich fragte, ob es sich um ein Delikt handele oder eine

Aussage vor dem Hohen Rat. Der Büttel verneinte. Es handele sich um eine Verwaltungsangelegenheit. Da holte ich meine Haube heraus, setzte sie auf, band mir eine Schürze um und sagte dem Büttel, ich sei zur Vertretung des Roberecht Erik Tarnus berechtigt.

Der Büttel stutzte, aber ich habe wohl entschlossen genug gewirkt, dass er mich mitnahm, besser gesagt, mich eskortierte. Er führte mich dann auf das Zimmer des Mitglieds des Hohen Rates, Heinrich Curtius."

„Dieser Curtius ist doch der Vertreter von Carl von Bensheim", entfuhr es Tarnus.

„Genau." Hiltrud nickte. Dann fuhr sie fort. „Zunächst befragte mich der Ratsherr, ob ich berechtigt sei, finanzielle Angelegenheiten für Roberecht Erik Tarnus zu regeln. Da sagte ich ihm, dass ich unter anderem Einkäufe tätigen und Mietangelegenheiten regeln dürfe. „Wenn ich auf den Markt gehe und Schweinebacken und Pastinaken einkaufe, so ist das auch nicht umsonst", sagte ich. „Und Honig aus dem Alten Land hat auch seinen Preis."

Curtius machte erst ein sauertöpfisches Gesicht und bemerkte, dass man es sich auf dem Kattrepel wohl gutgehen ließe, aber dann kam er auf die Vorladung zurück. Roberecht Erik Tarnus hätte im Auftrag des Ratsherrn Carl von Bensheim Wappen in die Kittel von Gerichtsdienern und ihnen gleichgestellten Personen einsticken lassen. Dafür gebühre ihm eine Entschädigung. Er, Curtius, habe eine Entschädigung von einem Silberling pro Kittel eingesetzt, also insgesamt 20 Silberlinge, doch die Schreiber und Rechnungsprüfer hätten aus formalen Gründen drei Silberlinge abgezogen, da das Honorar für diese geldentgeltlichen Entschädigungen für Sachleistungen gedeckt sei. Dann hat er mir das Säckchen übergeben."

„Und dann?", fragte Tarnus

„Dann hat er mit mir geplaudert oder wollte mich wohl ein wenig aushorchen."

„Wie ist das Gespräch weitergegangen?" Tarnus trank einen Schluck.

„Curtius sagte, die Stickerei wäre sehr, sehr gute Arbeit. Ich sagte ihm, dass Wiebke sie verfertigt habe, aber sie habe ein Kind. Außerdem sei ihr Mann Schiemannsmaat auf der Gelben Drohne und zurzeit an Land. Deshalb arbeite sie von zu Hause aus. Und ich arbeite als Magd im Hause Tarnus und unterstütze den Hausherrn bei Einkäufen, dem Haushalt, den Geschäften und seinem Laden."

„Und dann?", fragte Tarnus neugierig.

„Dann sagte er, er könne nicht verstehen, wie ein Mann, der einen Laden auf dem Kattrepel betreibe, an so erstklassiges Personal kommen könne. Ich, Hiltrud, zum Beispiel könne doch jederzeit eine Stelle in der Reichenstraße bekommen."

„Da sagte ich ihm: ‚Mein Herr ist ein guter und feinfühliger Mensch, er ist großzügig und er kann zuhören. Wenn es eng wird, teilt er, und wenn es gut läuft, dann gibt er ab. Er ist einer, der ein Herz hat.'"

„Ach Hiltrud." Tarnus stand auf. „Das hast du diesem Curtius gesagt?", fragte er betreten.

Hiltrud stand auch auf. „Ist das nicht die Wahrheit?"

„Hiltrud, auch wenn es unschicklich ist, dafür würde ich dich gern noch einmal küssen."

„Dann sei doch bitte unschicklich", murmelte Hiltrud und schlang ihre Arme um Tarnus' Hals.

Sie hatten gegessen. Tarnus wischte sich den Mund ab. „Sehr lecker. Buchweizenfladen mit Dickmilch und Hering habe ich in dieser Kombination noch nicht gegessen. Es ist schade, dass ich gleich noch zum Spähen außer Haus sein muss. Hiltrud, du kannst es mir glauben, viel lieber würde ich den Abend mit dir verbringen."

„Das weiß ich doch", sagte Hiltrud und strich Tarnus über die Haare. Dann gab sie einen Kuss auf Tarnus' Narbe. „Pass auf dich auf, wenn du spähst." Dann wurde sie sachlich und wies auf einen kleinen Stapel mit Buchweizenfladen. „Hier sind Buchweizenfladen und dort in der Schale befinden ein paar eingelegte Eier. Es ist Folgendes: Gilg war am Nachmittag hier. Es tut sich etwas auf dem Gutshof. Gilg will die Felder um den Gutshof herum verpachten und selbst nur noch so viel Land aus eigener Kraft bewirtschaften, dass es den Gutshof und seine Leute ernähren kann. Für die Verhandlungen mit seinen künftigen Pächtern will er mich dabeihaben. Nun – Petter hat es ihm wohl gesagt: Ich kenne mich in dieser Materie ganz gut aus. Also fahre ich morgen gegen Mittag mit ihm auf seinem Ewer Richtung Elmshorn."

„Schade, schade." Tarnus wiegte seinen Kopf. „Auf der anderen Seite bin ich ganz froh, wenn Gilg eine Lösung für seinen Gutshof gefunden hat. Irgendwie hätte ich mich sonst doch immer wieder in der Pflicht gefühlt."

„Genau deswegen habe ich Gilg auch zugesagt. Ich kenne dich doch und dein Pflichtgefühl." Hiltrud gab Tarnus einen Kuss auf die Nasenspitze."

„Wann kommst du zurück?", wollte Tarnus wissen.

„In ein paar Tagen", meinte Hiltrud. „Aber genau kann ich es noch nicht sagen."

„Wann musst du los?"

„Frietz wird gegen Mittag bei den Ewern sein."

„Soll ich dich bringen?"

„Auf keinen Fall." Hiltrud wurde energisch. „Ich möchte nicht, dass du mich beim Abschied weinen siehst. Außerdem muss ich vorher noch bei Wiebke vorbei. Aber wenn du nicht zu spät vom Spähen zurück sein solltest, dann hätten wir noch ein bisschen Zeit für uns."

„Darauf freue ich mich. Doch sag mal, was soll ich heute Abend anziehen?"

„Zieh dich wie ein Lademeister an. Das nimmt dir jeder ab. Ein Lademeister, der nach der Arbeit nach Hause will, der nach der Arbeit noch ein Bier trinken will, damit kommst du überall in dieser Stadt durch."

„Gut." Tarnus zog sich um. „Was wolltest du bei Wiebke?"

„Einerseits ihr ihren Teil vom Geld des Hohen Rats bringen, sie hat ja dafür eine Menge gearbeitet, andererseits die Gertrud abholen."

„Was um alles in der Welt ist denn mit der Gertrud? Gilg hat sie doch bei Wiebke untergebracht, weil er mit dem Gutshof und seiner Schänke so viel um die Ohren hat."

„Nicht ganz. Darüber haben wir heute auch gesprochen. Gilg will im Grunde nicht, dass sein Ziehkind im Reeperdaddel aufwächst. Weißt du, sie wächst langsam heran und wird bald in ein Alter kommen, na, du weißt schon …"

„In dem sie im Reeperdaddel nichts mehr zu suchen hat", ergänzte Tarnus.

„Genau. Und da sie bei einem Besuch auf dem Gutshof alles so schön fand und sich in das kleine Pferd verliebt hat – du kannst dich erinnern?"

Tarnus nickte.

„Auf alle Fälle soll Gertrud jetzt auf dem Gutshof aufwachsen und sie freut sich darauf. Und da gibt es eine alte Frau, die bei den Nonnen aufgewachsen ist, die kann lesen, schreiben und rechnen und versteht sich auf die Heilige Schrift. Die soll Gertrud all diese Sachen lehren."

„Ich kann mir nicht vorstellen, dass Gilg weiß, dass es in und um Elmshorn eine alte Frau gibt, die so etwas kann", sagte Tarnus.

„Es könnte sein, dass ich da etwas nachgeholfen habe", bemerkte Hiltrud. „Ich habe ja etwas Ortskenntnis. Aber wenn ein Mädchen solche Möglichkeiten bekommen könnte, soll ich da nicht aktiv werden?"

„Ach Hiltrud", seufzte Tarnus. „Das ist es ja, was mir an dir so gut gefällt."

Missmutig bog Tarnus in die Straße Richtung Kattrepel ein. Er hatte sich die Hacken krummgelaufen, aber nichts erreicht. Bei den Lagerhäusern war er gewesen, bei den Booten, die die großen Schiffe beluden. Alles hatte er abpatrouilliert und aufs Sorgfältigste geschaut – keine Spur von Hubertus van Boeningen. Bei einer Spähertätigkeit war es eigentlich ganz normal, dass man nicht jeden Tag erfolgreich war. Vielleicht saß dieser Mijnheer, wie ihn Eike von Bensheim genannt hatte, ja ganz einfach bei einer Kanne Bier oder einem Glas des erlesensten Mets, den man sich denken konnte, in der guten Stube des Carl von Bensheim und dachte sich neue Schweinereien aus.

Von ferne näherte sich ein Mann. Dieser Gang kam Tarnus bekannt vor. Richtig: eilig und wippend. Es gab keinen anderen Mann, der einen solchen Gang hatte. Das musste Hubertus van Boeningen sein! Eilig drückte sich Tarnus an einen Zaun zwischen zwei Häusern. Jetzt noch die Mütze tief ins Gesicht ziehen und nach vorn gebeugt an der Hose herumfummeln wie ein Mann, der sich dringend erleichtern musste. Aus den Augenwinkeln sah Tarnus, wie der Mann näherkam, ihn passierte, ohne ihn eines Blickes zu würdigen, und weiterging. Kein Zweifel: Das war Hubertus van Boeningen. Aber er trug nicht Bensheims Hauskittel. Er trug eine Gugel, dazu noch eine einfache Hose.

Tarnus ging weiter. Was um alles in der Welt hatte Hubertus van Boeningen auf dem Kattrepel zu tun? Tarnus wurde es unbehaglich. Bei seinem letzten Fall hatten sich doch diese beiden Halunken auch auf dem Kattrepel getroffen, genauer gesagt im Reeperdaddel. Einerseits dieser Intrigant mit den Spinnenfingern, der Gerüchte über die Gelbe Drohne in die Welt gesetzt hatte, andererseits sein Komplize, dieser mordsüchtige Gaukler, dessen Angriff ihn, Tarnus, beinahe das Leben gekostet hatte.

Und was hieß das jetzt? Herausfinden, mit wem sich Hubertus van Boeningen getroffen hatte beziehungsweise traf. Und was bedeutete das konkret? Das Aufsuchen von obskuren Schankhäusern mit ihren zwielichtigen Wirten, der fragwürdige Genuss von minderwertigem oder gar gepanschtem Bier, das Abwehren aufdringlicher Huren und vielleicht noch ein Happen zum Essen mit zweifelhaften Folgen für die Verdauung. Und das alles zu einer Tageszeit, in der andere Menschen schon längst zu Bett waren. Es war zum Weinen.

Tarnus besann sich. Kurz durchatmen und den Ärger verrauchen lassen. Wie oft hatte er solche Situationen schon gemeistert. Jetzt erst mal nach Hause, vielleicht war Hiltrud ja noch auf und sie könnten miteinander sprechen. Und wenn sie sich schon hingelegt hatte, könnte er sich neben sie legen und sie in den Arm nehmen. Tarnus blieb stehen. Merkwürdig war es schon, dass er seinen Laden auf dem Kattrepel als sein Zuhause ansah. Doch Hiltrud schien es genauso zu sehen.

XI

Tarnus setzte sich in Marsch. Am Abend hatte er Hiltrud zwar noch angetroffen, aber sie hatte, den Kopf auf ihre Arme gelegt, eine kleine Tranlampe vor sich, schlafend an seinem Sekretär gesessen. „Hiltrud", hatte er mit gedämpfter Stimme gesagt, „es ist Zeit, zu Bett zu gehen."

Und Hiltrud hatte vom Sekretär hochgeschaut. „Da bist du ja, Erik."

„Es ist Zeit, ins Bett zu gehen", hatte Tarnus wiederholt und Hiltrud zum Bett geführt.

„Leg dich zu mir und nimm mich in den Arm", hatte Hiltrud gemurmelt, „morgen wirst du mir erzählen."

Sie hatten zusammen gefrühstückt, während Tarnus über seine gestrigen Beobachtungen berichtete. Hiltrud hatte genickt. „Ich kann dich gut verstehen. Es ist unbefriedigend, wenn man mit so viel Elan bei der Sache ist und die Erfolge sich nicht einstellen. Aber – wenn ich an deine Berichte denke – bisher warst du immer erfolgreich. Und das wirst du auch bei diesem Fall sein. Da bin ich mir sicher."

„Ach Hiltrud", hatte Tarnus geantwortet, „wenn ich mir da auch so sicher wäre."

„Was auch immer dabei herauskommt, du wirst deine ganze Ehre und alle deine Erfahrungen in diesen Fall einbringen."

„Ja, natürlich", hatte Tarnus gesagt.

„Genau", hatte Hiltrud dann ausgeführt. „Und was ist dein Auftrag? Carl von Bensheim ist verschwunden. Gut, dem bist du nicht ganz, aber fast freundschaftlich verbunden und er ist ein guter Kunde. Aber dein Auftrag kommt von Eike von Bensheim. Er wollte Kontakt mit seinem Vetter aufnehmen und das gelang nicht. Da hat er dich beauftragt. Du solltest diesen

Kontakt ermöglichen. Inzwischen hat sich vieles ereignet. Da sind viele kriminelle Dinge passiert. Nun, aktuell scheint die Musik in Lüneburg zu spielen. Aber auch hier in Hamburg ist jeder Mosaikstein wichtig. Und daran arbeitest du mit all deiner ganzen Kraft. Außerdem – so ganz stimmt das nicht mit deiner Erfolglosigkeit. Immerhin weißt du jetzt, in welchem Teil Hamburgs dieser van Boeningen sein Unwesen treibt. Und wenn du mal überhaupt keine Lust mehr hast, in verrufenen Schankhäusern zu nächtlicher Stunde ein Bier zu trinken oder dir den Magen an Soleiern zu verderben, dann denke bitte an das Honorar, das du zu erwarten hast: Du hast Tagessätze vereinbart, nicht eine erfolgsabhängige Entlohnung. Und wie ich dich kenne, wirst du von deinem Honorar abgeben, du wirst teilen, wie du es immer gemacht hast. Das sollte dir Ansporn genug sein."

„Hiltrud, du hast recht", hatte Tarnus geantwortet. „Du hast mir wieder die Augen geöffnet. Aber jetzt mal zum heutigen Tag. Soll ich dich nicht doch zu Wiebke begleiten? Dann holen wir Gertrud ab und gehen dann in den Teil des Hafens, in dem die Ewer anlegen."

„Auf keinen Fall." Hiltrud hatte ein Tuch genommen. „Ich gehe jetzt. Ich hasse Tränen. Aber wenn dir sonst nichts einfällt, dann gehst du bitte zu Hannes dem Bader. Eine Rasur täte dir gut."

Tarnus ging weiter. Von St. Marien läutete es zehn Mal. In Hannes' Badehaus würde schon Betrieb sein, aber vielleicht reichte es für eine Rasur, vielleicht sogar für ein kurzes Gespräch mit Hannes. Wie genau Hiltrud viele Dinge doch durchblickte! Hannes verstand sich auf politische Sachverhalte und komplizierte Zusammenhänge in und um Hamburg, da hatte er Weitblick. Hiltrud wiederum verstand sich auf das, was um ihn, Tarnus, herum passierte, und konnte dabei mit vollster Klarheit Zusammenhänge herstellen. Wo mochte sie übrigens sein? Bei Wiebke, noch ein kleiner Klönschnack, oder schon auf dem Weg zum Ewer-Hafen, die Gertrud an der Hand. „Freust du dich schon auf das kleine Pferd?" Gertrud würde nicken. „Kannst du dich noch an den Namen erinnern?" Und Gertrud würde wieder nicken und den Namen sagen. Und Frietz, der mit seinem Ewer am Steg festgemacht hatte, würde rufen: „Hiltrud, da bist du ja. Wie schön, dich zu sehen. Dann gehen wir mal auf große Fahrt." Und zu Gertrud: „Da bist du ja, du prachte Deern. Sag mal, du bist ja schon wieder größer geworden. Aber kommt erst mal an Bord. Gilg lässt noch auf sich warten." Und irgendwann käme dann Gilg angehetzt. „Komme zu spät, aber ich habe noch eine Lieferung mit Bier bekommen. Die Verhandlungen waren nicht ganz einfach." Und Frietz würde die Taue einziehen und ablegen. „Komm, mein Deern, setz dich zum alten Frietz. Das ist der Ewer-Hafen und da vorn kommt der Hafen für die Dickschiffe. Die fahren ganz weit …"

Tarnus riss sich aus seinen Gedanken. Er betrat Hannes' Badehaus.

„Meister Tarnus, wie schön, euch zu sehen." Die Magd, die ihn schon beim letzten Mal und davor begrüßt hatte, trat auf ihn zu. „Eine Rasur? Ein Haarschnitt scheint noch nicht nötig. Ein Gespräch mit unserem Meister wird nicht möglich sein. In der Frühe hatte er eine Entbindung und jetzt ist er auf Hausbesuch bei einem hohen Handelsherrn. Aber Taavi könnte sich um den Bart kümmern. Ich will aber noch einmal nachfragen."

„Bevor du gehst", meinte Tarnus, „du hast mich ja schon oft hier empfangen, aber ich weiß immer noch nicht deinen Namen."

„Ich bin die Gesine", sagte die Magd und knickste.

„Gesine, ein schöner Name", meinte Tarnus. „Und was macht der Sprachunterricht?"

Die Magd errötete. „Im Augenblick ist Taavi ein bisschen komisch. Er druckst so rum."

Tarnus wiegte seinen Kopf. „Ich kann ja mal mit ihm sprechen."

„Wollt ihr das wirklich, Meister Tarnus?"

„Ich werde mal sehen, was ich tun kann."

„Das wäre", sagte die Magd namens Gesine, „für mich sehr hilfreich."

Taavi, ein Tablett mit Rasiersachen in der Hand, kam auf Tarnus zu. „Bitte kommen sie mit in die Kammer." Es klang einstudiert.

„Gern." Tarnus folgte Taavi in eine der Kammern und ließ sich rasieren.

„Gut so?" Taavi hielt Tarnus einen kleinen Spiegel vor.

Tarnus beugte sich vor. „Sehr gut. "

Taavi wurde ernst. „Eine Frage, Meister?"

„Ja gern."

„Meister Tarnus, ihr kennt die Magd Gesine?"

„Ja natürlich. Das ist doch die Magd, die dir die Sprache, die man in Hamburg spricht, beibringt."

Taavi nickte. „Das ist es ja. Die Sprache ist schwierig. Es fällt mir schwer, sie zu lernen. Und ich finde Gesine gut. Ich mag sie. Das will ich ihr sagen. Aber ich traue mich nicht."

„Warum denn nicht?", wollte Tarnus wissen.

„Die Sprache. Ich kann sie nicht gut. Und ich komme aus Livland …" Taavi brach ab.

„Jetzt will ich dir aber mal etwas sagen." Tarnus zeigte mit dem Zeigefinger auf Taavi. „Wenn du die Sprache nicht kannst, wenn dir Wörter fehlen, dann sieht der Mensch, mit dem du sprichst, trotzdem, wie du es meinst. Das sieht man an den Augen, am Mund, am ganzen Gesicht. Und auch an den Händen. Verstehst du, was ich sage?"

Taavi nickte.

„Und das Weitere", fuhr Tarnus fort: „Du bist fleißig, du bist ehrlich. Du kommst aus Livland, aber das tut dein Meister auch. Das ist kein Makel. Du bist ein guter Barbier und Friseur. Du kannst hier noch viel lernen und vielleicht bist du später auch mal ein so gefragter Bader wie dein Meister. Aber sprich mit Gesine. Die weiß nämlich nicht, was mit dir los ist."

„Mach ich", versprach Taavi, „was soll ich genau sagen?"

„Mensch, Taavi, da wird dir schon etwas einfallen. Sag ihr, dass du sie magst, sie gut findest. Und wenn dir gar nichts mehr einfällst und du anfängst zu stottern, dann lege einfach die rechte Hand auf dein Herz und zeige mit der linken auf Gesine."

Taavi lächelte. „Ihr habt mir Mut gemacht. Danke, Meister."

Tarnus verließ die Kammer und schloss die Tür. Die Magd Gesine trat auf ihn zu. Hatte sie zu lauschen versucht? Tarnus hätte das gut verstehen können, doch sie sagte: „Wenn ihr mit Meister Hannes sprechen wollt, er wollte zurück sein, wenn St. Marien sechsmal schlägt", dann aber ganz leise: „Was ist mit Taavi?"

„Das wird Taavi dir schon selbst sagen", meinte Tarnus und sah, wie Gesine rot wurde, „denn ich will ihm nicht vorgreifen. Nur so viel: Ich habe ein gutes Gefühl."

„Danke, Meister Tarnus." Die Magd knickste.

Tarnus trat auf die Straße. War es sinnvoll, gegen sechs Uhr noch einmal zu Hannes zu gehen? Eigentlich war nichts Neues zu besprechen. Was tun, zum Kattrepel zurück, erst mal einen Happen essen und dann weiter? Die Buchweizenfladen waren wirklich gut. Und ein eingelegtes Ei dazu? Nicht schlecht. Er müsste Hiltrud aber noch sagen, dass er zwischen den von ihr zubereiteten Eiern und denen, die es in den Schankhäusern gab, sehr wohl zu unterscheiden wusste. Tarnus sah an sich herunter.

Er war einfach, aber sauber gekleidet. Oben ein Kittel, unten eine Hose. Das war der Aufzug, den er schon am gestrigen Tage getragen hatte. Er hätte einen Lademeister oder etwas Ähnliches darstellen können. Tarnus beschloss, durch die Straßen zu gehen, scheinbar ziel- und planlos, aber systematisch und einfach auf den Zufall setzend. Vielleicht erst zum Markt, dort eine Kleinigkeit essen – Hiltruds Buchweizenfladen mussten warten – und hören und spähen. Dann vielleicht noch einmal zum Hafen mit den Ewern.

Der Hering war gut gewesen, die Informationen, nach denen er Ausschau hielt, aber gering. Er wusste jetzt mehr über das Wetter in Hamburg und über die Schwierigkeiten beim Heringsfang. Tarnus steckte sich den letzten Rest Brot in den Mund und wischte sich über den Mund. Dann brach er Richtung Hafen auf.

In dem Hafenteil, in dem die Ewer lagen, war geschäftiges Treiben zu beobachten. Schiffe wurden be- und entladen, hier legte ein Boot ab und dort machte eines fest. Schon von weitem erkannte Tarnus den Ewer, der diesem Hans gehörte. Er ging näher. Hans war dabei, Kisten in den Schiffsrumpf zu verbringen. Als er Tarnus erkannte, blieb er stehen und setzte die Kiste ab, die er gerade in Händen hielt. „Na, auf Achse?"

„Auf Achse", bestätigte Tarnus.

„Der Lachs war wirklich gut, lange schon nicht mehr so guten Lachs gegessen." Hans strich sich über den Bauch. Was das Essen anging, war es ihm wohl in der letzten Zeit knapp gegangen.

„Das freut mich", sagte Tarnus, „wo soll die Reise denn hingehen?"

„Hm", brummte Hans.

„Na, sag schon."

„Hm", brummte Hans ein zweites Mal.

„Also, ich erzähle dir mal etwas. Dieser Mann, dein Auftraggeber, hat dich geprellt. Du erinnerst dich. Und mich hat er auch geprellt. Er schuldet mir eine beträchtliche Menge an Geld. Und das will ich zurück. Und da muss ich jeder Spur nachgehen, jede Einzelheit bedenken und ich denke, du kannst mir dabei helfen. Du weißt ja selbst, dass dieser Mann Beziehungen nach Lüneburg hat."

„Das ist was anderes. Wenn du dieses Schwein stellst, dann bin ich gerne dabei." Hans streckte Tarnus die Hand hin. „Partner?" Tarnus schlug ein.

„In den Kisten sind Flaschen", flüsterte Hans. „Genever. In der Nacht am Zoll vorbei und dann wird der Inhalt umgeschlagen nahe der Mündung der Ilmenau."

„Risiko?", fraget Tarnus.

„Gering. Nachts wird geschlafen und nicht kontrolliert. Nur Hans mit seinen Adleraugen und dem Besanewer kreuzt auf der Elbe herum. Und wenn jemand hinter ihm her ist, dann muss ihm erst mal jemand folgen."

Tarnus hatte eine Idee. Vielleicht war es Wahnsinn, sein Platz war ja in Hamburg. Aber Carl von Bensheims Schicksal war ihm nicht egal. Nicht Befehlsempfänger seines Auftraggebers, nein, eigenständiger Späher, das war er. Instinktiv überprüfte er seinen Säckel. Darin waren genug Silberlinge und weitere Münzen für eine mehrtägige Fahrt. „Kannst du mich mitnehmen, ich will nach Lüneburg?", fragte er.

„Na klar." Hans hob die Hand.

„Wenn du mich mitnimmst, komme ich mit drei Silberlingen aus?"

„Drei Silberlinge für eine solche Fuhre?" Hans sah Tarnus in die Augen. „Für drei Silberlinge kannst du auch wieder zurückfahren."

„Wie komme ich weiter nach Lüneburg?", fragte Tarnus.

„Na ja, nach Lüneburg wird Ware ab der Elbe nur getreidelt. Was haben die für komische Vorschriften und Regeln! Es geht streng nach der Reihe. Niemand kann sich sein Boot aussuchen. Hintanstellen heißt es für die Handelsleute. Aber es gibt auch Fuhrwerke. Und wer etwas Geld hat, kann einen Einspänner mieten oder gar ein schnelles Pferd."

„Dann mal los", gebot Tarnus, und wenig später machte sich Hans daran, die Taue einzuholen.

Die Nacht war sternenklar und Hans' Ewer machte flotte Fahrt. Einige Stunden lagen hinter ihnen und Tarnus verspürte eine gewisse Müdigkeit. „Sag mal, Hans, wie weit ist es noch bis zur Mündung der Ilmenau?"

Hans überlegte. „Insgesamt sind es von Hamburg bis dorthin wohl sechs hamburgische Meilen und wir sind auf der Hälfte. Aber das tut nichts zur Sache. Wenn der Wind dreht, müssen wir kreuzen. Ich will mich nicht festlegen, vielleicht sind wir in drei oder vier Stunden da. Hau dich aufs Ohr und wenn etwas ist, wecke ich dich."

„Danke." Tarnus blickte sich um. „Wo?"

„Der Laderaum ist vollgestellt, ich konnte auf die Schnelle nicht besser stapeln. Da ist normalerweise auch mein Lager. Du kannst dich aber auf den Stapel mit Tauen vor dem Hauptmast legen."

Tarnus legte sich auf den Stapel mit Tauen, den Kopf auf die eine Seite des Stapels, den Po auf die Planken und die Knie auf die andere Seite des Stapels. Das war zwar nicht sonderlich bequem, aber es sollte schon langen. Und bald darauf war er schon eingeschlafen.

„Wir landen jetzt an." Hans' Ruf weckte Tarnus. Die Morgendämmerung hatte begonnen und tauchte die Landschaft in zarte Grautöne. Er verließ seinen Schlafplatz und ging in die Richtung von Hans. „Die Mündung der Ilmenau?"

„Nicht ganz." Hans grinste. „Eine kleine Stunde davor." Er vollführte einige Wendemanöver, dann hatte er den Ewer in eine kleine Bucht hinein navigiert. Tarnus spürte, wie das Boot aufsetzte. „Dann wollen wir mal warten", sagte Hans.

Wenig später hörte man Pferdegetrappel. Ein kleiner Pferdekarren kam gefahren, ein Mann auf dem Bock, ein Mann dahinter auf einem Sitz. Beide Männer krempelten sich die Hosenbeine hoch, streiften ihre Schuhe ab und wateten auf den Ewer zu. „Moin, Hans", hörte Tarnus.

„Moin, ihr beiden", kam es zurück. „Dann geht mal in den Laderaum. Zwölf Kisten sind für euch. So war es vereinbart. Die dunkle Kiste lasst ihr stehen. Die gehört mir."

„Zwölf Kisten, kein Problem." Die beiden Männer schleppten die Kisten zu dem Karren. „Erledigt", sagte einer der beiden zu Hans.

Hans machte einen Schritt vor. „Meine Löhnung fehlt noch."

„Stimmt." Der Mann kramte in seiner Tasche. „Hier, drei Silberlinge, wie vereinbart." Er übergab das Geld.

„Wisst ihr, dass ich für drei Silberlinge kaum meine Unkosten herausbekomme?", fragte Hans.

„Nicht unser Problem, da musst du unseren Auftraggeber fragen." Der Mann schien es eilig zu haben. „Wir sind Lohnunternehmer und du bist es auch. Und wir arbeiten alle am Rande der Legalität. Hohes Risiko, kleiner Gewinn."

„Dann schiebt mich wenigstens raus auf die Elbe."

„Machen wir."

Der Ewer nahm Fahrt auf. „Was ist in der dunklen Kiste?", wollte Tarnus wissen.

„Auch Genever, aber von der allerfeinsten Sorte. Wenn ich Glück habe, kann ich ihn mit Gewinn weiterverkaufen."

„Wie viel?"

„Wie gesagt, mit Glück, ist ein Silberling pro Flasche drin."

Tarnus pfiff durch die Zähne. „Ein Silberling, ein stolzer Preis."

„Beste Qualität, direkt aus Holland."

„Dann drücke ich die Daumen. Ich habe es ja gerade gehört, sehr einträglich ist das Geschäft nicht."

„Die Kosten für den Ewer fressen mich auf. Guck mal da", Hans wies auf eine Seite des Ewers. „Siehst du das Seitenschwert?"

„Sehe ich. Ist geborsten."

„Im Augenblick funktioniert es noch, müsste aber eigentlich repariert werden." Hans sah Tarnus an. „Die Kosten fressen mich auf."

„Hast du denn auch normale Fuhren?", fragte Tarnus. „Ich meine solche, die was bringen und die regelmäßig durchgeführt werden, am besten die Zusammenarbeit mit einem Handelsherrn."

„Habe ich doch alles gehabt." Hans zog mit der Hand einen großen Bogen durch die Luft. „Bis Amrum war ich und bis nach Föhr. Aber", Hans wirkte betreten, „das habe ich mir wohl selbst kaputt gemacht."

„Was ist passiert?"

„Du kennst das doch: Seeleute machen gern mal derbe Witze. Auch Frauenwitze."

„Aber nur unter Seeleuten", sagte Tarnus. „Ich will mal raten: Du hast in Gegenwart eines Handelsherrn einen Frauenwitz gemacht und dann ist der Handelsherr ganz, ganz schmallippig geworden."

„Du hast es erraten. Eigentlich habe ich nur über den Besan bei einer Frau gesprochen, du weißt, ihren Po, aber der Handelsherr hat das auf seine Frau bezogen. Bumms, war ich seine Aufträge los."

„Wenn ich mich recht erinnere, hast du diesen Besanwitz auch schon mal mir gegenüber zum Besten gegeben. Ich fand ihn nicht so gut. Aber jetzt guck nicht so bedröppelt. Du bist in jedem Fall ein guter Schiffer. Das sieht man schon daran, dass du überhaupt in der Lage bist, einen Besanewer allein zu steuern. Da wird sich schon etwas ergeben."

„Du machst mir Mut", sagte Hans. „Danke." Dann wurde er eifrig. „Dahinten liegt doch das Boot von diesem Eike von Bensheim. Das liegt dort schon länger, aber immer abfahrbereit. Und jetzt scheint sich etwas zu tun. Das Boot hat zwei Schiffsleute. Die kann ich sehen. Aber jetzt sehe ich da noch zwei weitere Männer auf dem Boot. Sie scheinen zu streiten."

„Augen wie ein Adler hat der Hans. Großartig. Aber geh mal längsseits. Ich denke, da hören wir mal zu."

Sie näherten sich dem Ewer, der Eike von Bensheim gehörte. Von diesem kamen laute und erregte Worte:

„Er ist im Valetudinarium und wird dort gepflegt."

„Vale, vale, Mensch, ich bin Schiffer und kein Gelehrter."

„Das Valetudinarium gehört Fortunatus von Bardowick."

„Geht es noch ein bisschen schwerer?"

„Aber ihr müsst es doch ausrichten, ihr Dösbaddels."

„Nicht in diesem Ton."

So ging es weiter. Ein Wortgefecht hatte begonnen.

Tarnus formte seine Hände zu einem Trichter. „Hallo", rief er durch diesen, „wir kommen jetzt längsseits."

„Bleib, wo du bist, wir verhandeln gerade", hörte er dann.

„Wir kommen trotzdem", gab Tarnus zurück und zu Hans gewandt: „Längsseits."

Der Besanewer von Hans dockte an Bensheims Ewer an und Tarnus sprang an Bord. Blitzschnell erfasste er die Situation. Da waren zwei Schiffer, die zu Bensheims Ewer gehören mussten. Und da waren zwei weitere Männer, unauffällig gekleidet. Das mussten wohl die beiden Lüneburger Späher sein, von denen Justus Elferding erzählt hatte. Er ordnete ein: Schiffer eins, Schiffer zwei, Späher eins, Späher zwei. „Euch schickt der Himmel!", rief er laut. „Das sind ja gute Nachrichten. Carl von Bensheim ist in einem Valetudinarium, das Florentinus von Bardowick gehört?"

„Richtig", sagte Späher eins, doch Späher zwei meinte: „Wir besprechen hier vertrauliche Sachen, dabei habt ihr nichts zu suchen." Schiffer eins wandte ein: „Um was geht es hier eigentlich?" Und Schiffer zwei sagte: „Was bin ich froh, wenn ich mal wieder mit Ware auf dem Kahn auf der Elbe herumschippern kann."

„Ich nehme mal an, dass ihr beiden die Männer seid, die im Auftrag von Justus Elferding Erkundigungen in Lüneburg durchführen." Tarnus wandte sich an Späher eins und zwei." Dann wandte er sich gegen die Schiffer. „Und ihr zwei habt auf dem Ewer ausgeharrt, um neue Nachrichten so schnell wie möglich nach Hamburg zu bringen."

„Stimmt." Späher eins schien überzeugt.

„Na, ich weiß nicht." Späher zwei war skeptisch.

Schiffer eins meinte: „Dann erzählt doch alles diesem Herrn hier und lasst eure lateinischen Vokabeln nicht an uns ab."

„Einen Moment." Tarnus ging zu Hans und flüsterte ihm etwas ins Ohr. „Mach ich", sagte Hans. Er verschwand im Rumpf seines Ewers und kehrte danach mit vier Flaschen zurück.

„Um die Situation zu entspannen", sprach Tarnus, „würde ich jedem von euch erst mal eine Flasche Genever vermachen. Allerfeinste Qualität, direkt aus Holland."

„Da sage ich nicht nein." Späher eins schien überzeugt.

„So etwas Feines habe ich noch nie gesehen", ließ sich Schiffer eins vernehmen, indem er die Flasche betrachtete.

„Wenn ich die auf dem Markt verkaufe, was bekomme ich dafür?", wollte Schiffer zwei wissen. „Wenn ich die Flasche mit nach Hause bringe, macht mir meine Frau die Hölle heiß."

„Einen Silberling", sagte Tarnus.

Nur Späher zwei war weiter skeptisch: „Eure Legitimation."
„Ich bin Roberecht Erik Tarnus und ich mache in Hamburg das, was ihr in Lüneburg macht, ich spähe. Und ich berichte direkt an den hohen Handelsherrn Eike von Bensheim."
„Komm, lass es gut sein. Der Mann ist in Ordnung." Das war Späher eins. „Ich werde dann mal berichten und ihr werdet es übermitteln. Es geht ja um Carl von Bensheim. Um das Wichtigste zu sagen. Er lebt. Er befindet in dem Valetudinarium dieses Florentinus von Bardowick in der Nähe von Lüneburg Er scheint auch nicht schwerkrank zu sein. Ob er in diesem Valetudinarium freiwillig einsitzt oder gegen seinen Willen dort festgehalten wird, haben wir noch nicht herausfinden können. Dazu schleusen wir gerade eine Person ein. Aber wir sind an der Sache dran."
„Das ist wirklich ganz frohe Kunde." Tarnus war erleichtert. „Dann werde ich mich nicht weiter in eure Angelegenheiten einmischen. Und ihr macht weiter. Dreht jeden Stein in Lüneburg um, um Weiteres zu erfahren. Ich selbst fahre sofort mit Eike von Bensheims Ewer nach Hamburg zurück, um zu berichten."
Hans wandte sich an Tarnus und zog ihn in eine Ecke des Bensheimschen Ewers. „Wie du das gemacht hast! Vier Männer, die streiten, einfach umgedreht und mit ins Boot genommen. Den ganz feinen Pinkel herausgekehrt, der alles im Griff hat. Von dir kann man viel lernen."
„Schön, dass du das sagst", erwiderte Tarnus. „Und wenn du zurück bist in Hamburg, dann kannst du dich ja bei Justus Elferding melden. Der ist die rechte Hand von Eike von Bensheim. Und dann sagst du ihm einfach, wie es ist. Du kannst meinen Namen ruhig sagen."
„Ich denke darüber nach", sagte Hans.

„So, hier sind vier Silberlinge für den Genever. Das war doch dein Wunschpreis." Tarnus drückte Hans das Geld in die Hand. „Wo geht es jetzt hin?"

„Lauenburg, da nehme ich eine Ladung Salz auf, alles ganz legal." Hans machte sich daran, seinen Besanewer von dem bensheimschen Ewer zu lösen. „Dann mach es gut. Und danke fürs Zuhören." Er winkte.

Tarnus winkte zurück. Dann wandte er sich an die Schiffer: „Wann geht es los?"

„Sofort", kam es zurück.

„Gibt es hier eine Möglichkeit, ein wenig zu schlafen?"

„Im Laderaum. Da liegen auch zwei Strohsäcke. Aber seicht sie nicht voll."

„Verstanden." Tarnus nahm es heiter. „Dann pinkele ich vorher noch in die Elbe."

Tarnus lag im Laderaum auf einem Strohsack und blickte nach oben. Besonders hell war es nicht und seine Liegestätte war nicht wirklich bequem. Er hoffte, bis Hamburg noch eine Mütze Schlaf nehmen zu können. Seine spontane Spritztour Richtung Lüneburg war eigentlich eine komplette Eselei gewesen. Unvorbereitet und ohne Kenntnisse über diesen Ort und die Menschen, zudem noch ohne Beziehungen – so etwas machte man einfach nicht. Gottlob hatte es ihm ein Zufall ermöglicht, erfolgreich die Rückfahrt anzutreten zu können. Wann zuletzt hatte er sich so idiotisch verhalten? Lag es daran, dass Hiltrud im Augenblick nicht da war? Was sollte er Eike von Bensheim und Justus dem Schreiber als Motiv für seine Reise gen Lüneburg erzählen? Da musste er sich noch etwas einfallen lassen. Dann war Tarnus eingeschlafen.

XII

„Und zuletzt habe ich den Männern auf eurem Ewer gesagt, sie sollten sich im Hafen von Hamburg bereithalten, bis sie neue Orders von euch bekämen." Tarnus beendete seinen Bericht. Er saß auf einem Stuhl im Kontor, der Schreiber ihm gegenüber gleichfalls auf einem Stuhl und Eike von Bensheim stand vor ihm, wie immer, gegenüber an seinem Pult. Er wirkte entspannter als bei ihrer letzten Begegnung.

„Das sind ja schon einmal keine schlechten Nachrichten", sagte Eike von Bensheim.

„Ein erster Schritt in die richtige Richtung", meinte Justus der Schreiber.

„Immerhin", bemerkte Tarnus.

„Was soll mit dem Ewer geschehen?", fragte der Schreiber.

„Ich würde ihn sofort wieder zurückbeordern an die Mündung der Ilmenau. Soll ich das veranlassen, mein Prinzipal?"

„Ja sicher", antwortete Bensheim knapp.

„Ich könnte das übernehmen", schlug Tarnus vor. „Ich hätte mich genauso verhalten, aber ich wollte euch nicht vorgreifen."

„Gern", sagte Justus. Dann zog er eine Augenbraue hoch. „Sagt, Meister Tarnus, ist nicht höchst verwunderlich, solch eine Reise zu unternehmen …?"

Eike von Bensheim fiel ihm ins Wort. „Lass, Justus. Der Erfolg heiligt die Mittel. Und als wir uns wegen der Ermittlungen an Meister Tarnus wandten, war uns bekannt, dass er manchmal eigene Wege geht." Und zu Tarnus gewandt: „Ich bin euch im Übrigen sehr dankbar für euren Vorschlag, mich einmal an Hannes den Bader zu wenden. Nun, er war hier und hat mich untersucht und beraten."

Tarnus beugte sich vor. „Hat er euch einen Heilschlaf verordnet, wie er es bei mir getan hat?"

„Nein, diesen hielt er nicht für nötig. Er hat mir erklärt, dass mein Rückgrat verkrümmt sei und jeder Zug an diesem mit Schmerzen verbunden sei. Da sei es nötig, die Muskeln zu entspannen und jeden Zug am Rückgrat zu vermeiden. Und irgendwann würde das Rückgrat versteifen, da es völlig unbeweglich wäre und auf überhaupt keinen Zug mehr reagieren könne."

„Was hat er euch denn verordnet?", wollte Tarnus wissen.

„Zum Entspannen der Muskeln hat er mir heiße Kataplasmen empfohlen. Er hat mich gelehrt, nachts richtig zu liegen, indem er mir gezeigt hat, wie ich das Betttuch zu einer Rolle forme und mich daran abstütze."

„Das freut mich sehr." Tarnus gönnte es diesem Mann, der mit seinem Rückenleiden wirklich gestraft war.

„Zuletzt hat er Bandagen empfohlen, die das Rückgrat in der jetzigen Lage halten, um Traktion, wie er es nannte, zu verhindern."

„Das freut mich", wiederholte Tarnus.

„Zuletzt hat er mir empfohlen, zur Nacht auch mal ein Glas Wein zu trinken."

„Ich kenne euren Wein", meinte Tarnus. „Vinum purum aus Portugal, von Danziger Handelsherren geliefert, solch einen Wein hatte ich bisher noch nicht getrunken."

„Ich meine, bei der Größe der Gläser in diesem Hause dürften es auch zwei sein." Ein feines Lächeln zog in das Gesicht des Schreibers.

„Im Hause eures Vetters habe ich einen alten Met kosten dürfen, der wirklich bemerkenswert war. Er kam aus Livland, ob Riga oder Reval, das weiß ich nicht mehr. Vielleicht lassen sich die Heilkräfte von Vinum purum und altem Met ja auch bündeln, also ein Glas hiervon und ein Glas davon. Zukunftsmusik." Tarnus stand auf. „Ich werde dann mal zum

Hafen gehen und die Schiffer zu ihrem Platz an der Mündung der Ilmenau zurückschicken."

„Dank euch, Tarnus", sagte Eike von Bensheim. Für ihn war die Sitzung beendet.

„Ich begleite euch zur Tür." Justus der Schreiber stand auch auf und ging mit Tarnus zur Haustür.

„Wer legt denn jetzt die Bandagen an?", fragte Tarnus.

„Na, wer schon? Wer sich auf Bücher und Akten versteht und Bilanzen, der muss ohnehin viel können. Der kann auch Bandagen anlegen."

„Ich habe mich wirklich gefreut, euren Prinzipal etwas entspannter zu erleben", sagte Tarnus.

„Und ich mich erst. Wisst ihr, Tarnus, wer solche Schmerzen leiden muss, gibt sich entweder auf oder wird hart gegen sich. Und manchmal färbt dann die Härte auf seine Umgebung ab." Justus sah Tarnus an. „Ich bin wirklich erleichtert."

Von St. Marien schlug es acht Mal. Der Tag war eigentlich zu Ende, aber Tarnus wollte sich noch einmal auf dem Kattrepel umsehen, zumal er ja bei den Schiffsfahrten genügend Schlaf bekommen hatte. Doch vorher musste er sich dringend stärken. Er überlegte: Zuletzt hatte er am gestrigen Tag etwas gegessen, das war der Hering auf dem Markt gewesen. Nötig war es außerdem, die Kleidung zu wechseln. Im Augenblick trug er die Sachen, die zu einem Lademeister gehören konnten, für den Kattrepel täte es sicherlich eine Gugel.

Tarnus brach das letzte Stück eines Buchweizenfladens ab und schob es sich in den Mund. Dann nahm er das nächste Ei aus der Schüssel, pellte es und schnitt es in zwei Teile. Danach hebelte er mit einem Messer das Eigelb heraus und steckte es sich in den Mund. In den Schankhäusern auf dem Kattrepel war es üblich, das Ei mit den Fingern auseinander zu brechen und das Eigelb mit den Fingern, besonders den Fingernägeln, heraus zu pulen. Doch derartige Tischsitten in einem Haus, in dem Hiltrud wohnte, kamen für Tarnus nicht in Frage. Ob Hiltrud gut angekommen war? Hatten Gilgs Verhandlungen schon begonnen? Vieles ging Tarnus durch den Kopf. Rasch wechselte er die Kleider und inspizierte seinen Säckel. Für den Kattrepel zu viel Silber und zu wenig Kupfer! Tarnus ging zu dem „geheimen Ort" in der Küche und tauschte Münzen aus.

Da bollerte es an der Tür. „Meister Tarnus, seid ihr da?" Tarnus ging zur Tür. „Geerd, ich habe deine Stimme schon erkannt. Komm rein." Tarnus ließ Geerd ein und zog ihn auf einen Stuhl in der Küche. „Was ist passiert?"

„Es geht um Hubertus van Boeningen", keuchte Geerd.

„Denk ich mir. Was hat er sich denn diesmal einfallen lassen?"

„Er hat Druck gemacht wegen der Bergenfahrt. Seht, Meister Tarnus, das Schiff ist eigentlich fertig, ich meine natürlich die neue Takelage. Jetzt geht es darum, das zu erproben. Da nimmt man normalerweise ein leeres Schiff und macht eine Probefahrt, sagen wir, in die Deutsche Bucht bis Helgoland und zurück. Und erst dann belädt man das Schiff und geht auf Handelsfahrt."

„Eigentlich logisch", bemerkte Tarnus.

„Aber dieser Bastard, dieser Hubertus van Boeningen, wollte das nicht einsehen. ‚Beladen und ab nach Bergen', sagte er."

„Wie hat der Schiffsherr, dieser Jan Spillhuis, reagiert?", wollte Tarnus wissen.

„Er hat geschäumt vor Wut. Dann ist er zu Heinrich Curtius gegangen, diesem Ratsherrn, der Carl von Bensheim auf dem Amt vertritt."

„Und dann?", fragte Tarnus.

„Dieser Curtius hat sich gewunden wie ein Aal. Die Sach- und Rechtslage wäre klar. Hubertus van Boeningen hätte das Recht, im Auftrag seines Oheims derartige Anordnungen zu erteilen. Aber er hat auch klargemacht, dass er keinen Ärger will. Er will nicht, dass man einem Handelsherrn wie Carl von Bensheim durch sein Zutun in die Parade fährt und ihm eine Handelsfahrt torpediert, die möglicherweise guten Gewinn bringt."

„Was nun?" Tarnus sah Geerd fragend an.

„Das weiß ich auch nicht. Deswegen bin ich ja hier."

„Über eines sind wir uns ja einig", begann Tarnus. „Dieser Hubertus van Boeningen hat es wieder einmal geschafft, Unfrieden und Verwirrung zu stiften."

„Das kann man wohl sagen", bestätigte Geerd.

„Ich sage dir mal eins, Geerd. Im Augenblick ermitteln wir noch, ich hier in Hamburg, zwei Männer in Lüneburg. Aber wir haben Carl von Bensheim schon aufspüren können."

„Lebt der denn noch?", entfuhr es Geerd.

„Er lebt, er befindet sich in Lüneburg und wir arbeiten an seiner Befreiung. Und an diesem Hubertus van Boeningen bin ich auch dran. Er scheint seine krummen Geschäfte auch auf dem Kattrepel abzuwickeln. Deswegen gehe ich gleich los."

„Meister Tarnus, ich weiß nicht, was ich denken soll", druckste Geerd herum.

„Erzähle."

„Es ist so. Ich fahre gern zur See. Ich habe es ja auch inzwischen zum Schiemannsmaat gebracht, also dem Herrn über alles laufende Gut. Aber im Augenblick sitze ich an Land und kann nicht zur See fahren. Und da gibt es keine Heuer. Versteht ihr, Meister Tarnus? Ich will Jan Spillhuis nicht in den Rücken fallen, aber ich will diesen Bastard, diesen Hubertus, auch nicht unterstützen. Außerdem will ich auch zur See fahren."

„Aber Wiebke hat doch ein Haus geerbt. Ihr seid doch gut versorgt."

„Das weiß ich. Und Wiebke hat durch ihre kunstfertige Stickerei auch wirklich gutes Geld verdient, aber ich bin nun mal ihr Mann und da habe ich die Pflicht, sie und die Familie zu versorgen."

„Ich verstehe dich gut", sagte Tarnus. „Du bist wirklich ein ehrenwerter Mann. Wenn alle so wären, gäbe es keine Versorgungsstreitigkeiten in einer Ehe. Aber jetzt halte mal die Luft an. Wenn Wiebke für einige Zeit für die Familie aufkommt, ist das auch kein Beinbruch. Und was diesen Hubertus van Boeningen angeht, da bin ich ganz zuversichtlich, dass wir ihm das Handwerk legen können. Eine Frage noch: Glaubst du, dass man mit der Gelben Drohne, so wie sie ist, gefahrlos auf Bergenfahrt gehen könnte – auch ohne Probefahrt?"

„Die Gelbe Drohne ist ein gutes Schiff. Wir haben die neue Takelage noch nicht erproben können, aber ich glaube schon, ja, ich glaube, dass das gehen könnte."

„Dann gehe zu Wiebke und dem kleinen Geerd zurück und genieße die Zeit mit den beiden. Warte ab und lass dich nicht in Machtspielchen hereinziehen, für die Hubertus van Boeningen ursprünglich verantwortlich ist." Tarnus erhob sich. „So, Geerd, jetzt werde ich dich rausschmeißen und auf dem Kattrepel spähen gehen. Je eher ich diesen Halunken dingfest gemacht und überführt habe, umso besser für uns alle und für Hamburg."

„Danke, Meister Tarnus", murmelte Geerd. „Ihr habt immer so viel Verständnis und so kluge Ratschläge."

„Dann hoffen wir mal, dass das so bleibt." Tarnus schloss die Ladentür zu.

XIII

„Dann mach mir mal ein schnelles Bier." Tarnus schob ein paar Münzen zum Schankwirt hin. „Das sollte reichen, damit es schnell geht." Er hatte sich im Blauen Walfisch zum Tresen vorgearbeitet. Der Blaue Walfisch machte seinem Namen alle Ehre. Die meisten der hier anwesenden Männer wirkten angeheitert oder betrunken und der Lärmpegel war beträchtlich. Der Wirt war nicht mehr in den besten Jahren. Sein Kittel war fleckig. Er selbst war dick und sein Gesicht wirkte aufgedunsen. Er schob einen Krug Bier in Tarnus' Richtung. „Schnell genug?", fragte er.

Tarnus nahm den Bierkrug in die Hand und inspizierte ihn. „Schnell genug, aber da ist noch viel Luft im Krug. Ansonsten viel Schaum."

„Das ist hier die übliche Menge. Mach es wie die anderen, trink noch einen Krug", kam es vom Wirt.

„Schon gut", brummte Tarnus und nahm einen Schluck Bier. „Hm, besser als erwartet. Woher ist denn das Bier?"

„Na, siehst du." Der Wirt ging auf Tarnus' Frage nicht ein, wirkte aber erfreut und grinste, wobei sich die fetten Augen zu Spalten formten. „Trink aus und bestell ein neues."

Tarnus fühlte, wie er von hinten von zwei Armen umschlungen wurde. „Du siehst müde aus, mein Süßer. Du gehörst ins Bett, und zwar in meines", hörte er. Er löste sich aus der Umklammerung und drehte sich um. Eine Hure stand vor ihm, grell geschminkt, nicht mehr jung und nicht gut ernährt.

„Wie heißt du?", fragte Tarnus.

„Ich bin die Venus", kam es zurück.

„Aphrodite, Venus, gibt es keine anderen Namen für euch, sagen wir Dörte oder Kunigunde oder ich weiß nicht was?"

„Keine Ahnung, ich heiße eben Venus. Und so heiße ich schon lange."

Tarnus betrachtete seinen Bierkrug. „Hier", sagte er und drückte ihn der Hure in die Hand. „Dann trink erst mal." Und zum Wirt gewandt: „Dann mach mal zwei Soleier locker."

Der Wirt, der die Szene aufmerksam beobachtet hatte, nannte einen kleinen Betrag. Tarnus schob das Geld über den Tresen. „Und wo bekomme ich jetzt die Soleier her?"

„Aus der Schale dahinten nehmen, aber nur zwei."

Tarnus nahm zwei Soleier aus der Schale, die am Ende des Tresens stand. Die Hure hatte inzwischen den leeren Krug auf dem Tresen abgestellt. Tarnus drückte ihr die zwei Soleier in die Hand. „So, min Deern, dann iss erst mal was. Wie du schon sagtest, ich bin müde, ich mach mich vom Acker."

Ungläubig starrte die Hure namens Venus auf die zwei Soleier. „Und die sind wirklich für mich?"

„Nun nimm sie schon."

„Danke", stammelte Venus. „Und wenn du mal wieder hier bist, eins musst du wissen: Bei mir kannste immer."

„Gut zu wissen." Tarnus drehte sich zum Gehen. Er trat auf die Straße. Unabhängig von den Gesprächen mit dem Wirt und der Hure hatte er scharf beobachtet: Kein Anhalt für Hubertus van Boeningen oder einen Komplizen. Im Grunde war er es leid, in obskuren Schänken mit abgehalfterten Huren nachzuforschen, was dieser Mijnheer mal wieder im Schulde führte, andererseits – Hiltrud hatte das ja ausgeführt – hatte er aktuell eine wirklich gut dotierte Arbeit. Wohin jetzt noch? Tarnus überlegte: Reeperdaddel, Zum Anker, Lili Marleen oder doch noch die Elbschänke? Auf keine dieser Schänken hatte er wirklich Lust, aber ein Honorar wollte auch verdient sein. Tarnus entschied sich für den Reeperdaddel. Da kannte er sich aus und von dort war es nicht weit bis zu seinem Laden. Doch als er seine Schritte dorthin lenken wollte, kam ihm ein Mann entgegen.

Der Gang war etwas unsicher, aber eilig und wippend war er auch. Das konnte Hubertus van Boeningen sein! Tarnus ging weiter, der Mann kam näher. Dann blieb er stehen und erbrach sich. Nein, das war nicht Hubertus van Boeningen, das war ein ganz normaler Betrunkener! Tarnus schätzte ihn auf einen Seemann oder einen Schauermann. Wie auch immer, kein Hubertus van Boeningen, also weitersuchen.

Tarnus schüttelte den Kopf. Da hörte man Berichte von Spähern, die deswegen jeden Fall lösten, weil sie so scharfsinnig waren, mit Hartnäckigkeit und Durchhaltevermögen arbeiteten und eine gute Gabe zum Kombinieren aufwiesen. Von solchen Gaben war er weit entfernt, das war klar. Aber darüber hinaus, in solchen Berichten gab es auch keine Huren, keine Kotze und keine Männer, die an einen Zaun pissten. Das waren wohl eher Geschichten, die ehrbaren Bürgersfrauen in der guten Stube erzählt wurden.

Im Reeperdaddel herrschte eine Luft zum Schneiden. Tarnus sah sich kurz um. Hinter dem Tresen stand Endres, der Gehilfe von Gilg. Er gab den Zappes und machte seine Sache gut. Mit Überblick dirigierte er die Schankmädchen und füllte Krüge und Gläser mit großer Geschwindigkeit. Daneben stand ein anderer Mann, offensichtlich der Verwandte, von dem Gilg gesprochen hatte. Der kümmerte sich um die Kasse. Tarnus erschien diese Aufgabenteilung sinnvoll. Wie Gilg angedeutet hatte, war Endres in Fragen des Eigentums in der Vergangenheit lässig gewesen. Tarnus hob die Hand. „Hallo Endres."
„Hallo Erik", kam es zurück. „Ein Bier?"
„Mach schon mal." Tarnus sah sich weiter im Schankraum um. Weiter hinten war ein kleiner Tisch, der nicht gut einzusehen war. An diesem Tisch saßen zwei Männer. Der eine stierte vor

sich hin und der andere, den Kopf auf seine Arme gestützt, schien zu schlafen. Aber der erste? Tarnus sah noch einmal hin. Das war er, das war Hubertus van Boeningen! Tarnus ging zum Tresen und nahm den Bierkrug in die Hand. „Sag mal, Endres, dahinten an dem kleinen Tisch, da pennt einer und trinkt nichts."

„Schon gesehen", meinte Endres, „wollte gleich mal hin und ihn vor die Tür setzen."

„Mach ich schon", sagte Tarnus und ging zu dem besagten Tisch. Er klopfte dem schlafenden Mann auf die Schulter. Der Mann schreckte auf, ein fragender Blick. „Noch ein Bier?", fragte Tarnus. Doch der Mann schüttelte den Kopf. „Dann müsstest du aber deinen Platz freimachen", sprach Tarnus mit fester Stimme. „Ich würde mein Bier gern im Sitzen trinken." Der Mann schien friedlich. Mühsam kam er hoch und wollte seine Schritte zum Tresen lenken. Tarnus nahm ihn am Arm und drehte ihn in die andere Richtung. „Da vorne geht es raus." „Ist gut." Der Mann trottete in Richtung Ausgang.

Tarnus zog sich den Stuhl heran, stellte seinen Bierkrug auf den Tisch und setzte sich. Er nahm seinen Bierkrug. „Wohlsein." Dann fügte er hinzu: „Ich darf doch?"

„Bitte sehr." Hubertus van Boeningen nahm sein Weinglas und trank einen Schluck daraus „Wohlsein." Seine Worte, ganz hinten im Hals gesprochen, schienen weit aus der Ferne zu kommen. Van Boeningen, nur mit einer Gugel und einer einfachen Hose gekleidet, wirkte in irgendeiner Weise abwesend.

Ob van Boeningen ihn erkannt hatte? Tarnus versuchte, es herauszubekommen. „Ich bin Roberecht Erik Tarnus", stellte er sich vor.

„Textilien auf dem Kattrepel. Euer Gesicht habe ich mir gemerkt. Gebrauchte Textilien, wohlgemerkt. Und euer Name noch mal?"

„Tarnus", wiederholte Tarnus. „Roberecht Erik Tarnus."

„Textilhändler Tarnus." Van Boeningen hob sein Glas, trank daraus und stellte es ab.

„Herr van Boeningen", Tarnus beugte sich vor, „was ist mit eurem Oheim? Ich bin nicht nur Textilhändler, ich bin auch beauftragt, nach eurem Oheim zu suchen. Was ist mit ihm?"

„In Sicherheit."

„Bitte etwas genauer." Tarnus bemühte sich um Höflichkeit.

Hubertus van Boeningen wischte die Frage mit der Hand weg. Stattdessen wiederholte er nur. „In Sicherheit, kommt bald."

Tarnus sah von neuen Vorstößen in dieser Sache ab, vielleicht konnte er es zu einem späteren Zeitpunkt noch einmal versuchen. Er trank einen Schluck aus seinem Krug. Jetzt erst bemerkte er es: Gilg hatte wohl wieder Bier eingekauft, welches mit überrösteter Gerste gebraut worden war. Merkwürdig: Jetzt, da der Lärmpegel im Schankraum anstieg und er dem Manne gegenübersaß, hinter dem er schon geraume Zeit her war, fiel ihm der Geschmack des Bieres auf.

Hubertus van Boeningen leerte sein Glas und bestellt ein neues. Tarnus tat es ihm mit seinem Bierkrug nach. Die Getränke kamen schnell, doch schweigend saßen sich die zwei Männer gegenüber.

Tarnus wollte es erneut versuchen. „Darf ich noch einmal fragen, was mit eurem Oheim ist?" Ob die Frage klug war, konnte er nicht vorhersehen.

Doch van Boeningen ging nicht darauf ein. Stattdessen fing er an, mit derselben Stimme wie zu Anfang zu sprechen: „Ich habe eine Ehefrau in Brügge, die hübsch, sittsam und tugendhaft ist. Sie hat mir zwei liebreizende Mägdelein geschenkt und dafür bin ich ihr sehr dankbar." Van Boeningen nahm einen Schluck aus seinem Glas. „Es ist nur so. Meine Frau ist mir wirklich zugetan und ich habe keinerlei Grund zu klagen. Aber manchmal entsteht in mir der Wunsch nach etwas anderem. Es ist das Aufregende, das Verbotene, das Verruchte, das Abenteuer."

Tarnus schaute in seinen Bierkrug. Das hatte er nicht erwartet. Hier ging es nicht um Ränke, Verbrechen, Treffen mit Komplizen oder Schankhausgespräche.

„Habt ihr Erfüllung finden können?", fragte er nach einer Weile.

Doch Hubertus van Boeningen schüttelte nur den Kopf und Tränen rannen aus seinen Augen. „Ich fühle mich so schmutzig."

Tarnus spürte Mitleid und es lag ihm auf der Zunge, etwas Tröstliches oder Mitfühlendes zu sagen, doch es gelang ihm einfach nicht. Zu viel war geschehen und es war vor allem die Arroganz und Selbstherrlichkeit seines Gegenübers, die kriminelle Heimlichtuerei und die Undurchschaubarkeit seines Handelns. Konnte man wissen, was dieser Hubertus van Boeningen sonst noch im Schilde führte? Jetzt ein Häufchen Elend, doch was würde morgen sein? Tarnus stand auf. „Geht nach Hause, solange ihr euch noch auf zwei Beinen halten könnt", sagte er sanft.

XIV

Tarnus lag auf einem Stapel mit Tauen, den Kopf auf der einen Seite des Stapels, den Po auf den Planken und die gebeugten Knie auf der anderen Seite des Stapels. So hatte er es schon auf der Fahrt Richtung Lüneburg gemacht, nur befand er sich jetzt auf dem Ewer von Frietz auf der Fahrt Richtung Elmshorn. Tarnus war froh, im Augenblick nicht in Hamburg gebunden zu sein – der Fall war gelöst – und er freute sich schon darauf, Hiltrud wieder in seine Arme nehmen zu können. Hiltrud hatte auch nicht nach Hamburg kommen können, da sie auf dem Gutshof gebunden war. Es war schön, dass Frietz diese Route häufig fuhr, so war es möglich gewesen, wenigstens die eine oder andere Information zu übermitteln. Frietz und der Ewer. Bis zum heutigen Tag hatte Tarnus nicht herausfinden können, wem der Ewer denn eigentlich gehörte. Es musste ein Konsortium sein, an dem Gilg irgendwie mitbeteiligt war. Aber spielte das eine Rolle?

Tarnus hob den Kopf ein wenig. Sonne, Wind, die Elbe, nichts Neues. Aber er musste aufpassen. Wenn er lag, war das kein Problem, doch wenn er den Kopf zu hoch hob, bestand die Gefahr, dass er bei einer Wende mit der Rundstange des Segels in Kontakt kam, und das musste er unbedingt vermeiden. Und Wenden waren häufig nötig. Der Wind blies aus Nordwest in die Elbe hinein und Frietz musste kreuzen. Dazu kam, dass Frietz noch eine Fuhre nach Wedel hatte. Die Fahrt würde dauern. Tarnus legte den Kopf zurück und plierte in die Sonne. So konnte er sich zurechtlegen, was er Hiltrud am Abend erzählen würde, und vielleicht noch ein kleines Nickerchen machen.

Womit sollte er anfangen? Als Erstes stand ja wohl die Rückkehr des Carl von Bensheim an. Da hatte es sich dieser Hubertus van Boeningen nicht nehmen lassen, seinen Oheim persönlich mit einem Ewer, der zur Flotte des Carl von Bensheim gehörte, abzuholen. Und Florentinus von Bardowick hatte es sich gleichfalls nicht nehmen lassen, seinen prominenten Patienten nach Hause zu begleiten. So kam es dann, dass diese drei Herren in Hamburg dem Ewer entstiegen und dann per Kutsche zweispännig weiterfuhren. Die Kutsche hatte dann allerdings nicht vor Bensheims Haus in der Reichenstraße gehalten. Die drei Männer waren der Kutsche schon am Anfang der Reichenstraße entstiegen und hatten sich zu Fuß zu dem Hause begeben. Bensheim, freundlich grüßend in der Mitte, ihm zur Linken Hubertus van Boeningen, in einen feinen Zwirn gekleidet, und ihm zur Rechten der eitle Gockel, der Medicus, mit Pumphosen und Schnabelschuhen angetan. Es war eine perfekte Inszenierung gewesen. Und Carl von Bensheim hatte gut ausgesehen, etwas hohlwangig noch, aber mit frischer Gesichtsfarbe und tatkräftigem Blick – ein Mann, dem nach langem Krankenlager ein Fußweg nichts mehr ausmachte.

Tarnus hielt inne. Er musste aufpassen, dass er nicht Tatsachen mit eigenen Bewertungen vermengte. Das, was ihm jetzt durch den Kopf gegangen war, hatte er bei einem Klönschnack erfahren. Er sollte Hiltrud neutraler berichten. Sie war ja in der Lage, sich selbst ein Bild zu machen.
„Zieh den Kappes ein, Wende", kam es von Frietz.
„Ich halte den Kopf schon unten. Eigentlich wollte ich ein wenig pennen. Aber das kann ich nicht, wenn du so brüllst. Wie lang ist es denn noch?"
„Eine gute Stunde noch bis Wedel", kam es von Frietz zurück.
„Und: Ich will nur vorsichtig sein. Dein Kappes ist im

Augenblick noch empfindlicher als der von anderen Leuten. So hat es mir Gilg gesagt und daran halte ich mich."

„Schon gut", Tarnus versuchte, sich wieder auf seinen Bericht zu konzentrieren. Dann war er bei Eike von Bensheim gewesen, um seinen Abschlussbericht zu erstatten. Doch der hatte sich entschuldigen lassen. Der Fall wäre ja gelöst, da gebe es nichts mehr zu besprechen, so Justus der Schreiber. Er hatte ein Säckchen bei sich, welches er Tarnus übergab. „Hier ist euer Honorar", hatte er gesagt. „Ich habe es so bemessen, wie wir es vereinbart hatten, also auf der Basis von Tagessätzen abgerechnet. Nun, der Auftrag ist erfüllt, vielleicht mit einem etwas anderen Ausgang als erwartet, aber das Honorar steht euch zu. Übrigens", hatte er hinzugefügt, „mein Prinzipal lässt euch auf diesem Wege seinen allerherzlichsten Dank übermitteln. Ihr habt ihm durch eure Empfehlung wirkliche Linderung verschafft."

„Das freut mich", hatte Tarnus geantwortet.

„Er hat mich gebeten, euch dies als Dank zu übergeben." Justus hatte ein flaches silbriges Fläschchen hervorgebracht, oben mit einem stabilen Verschluss versehen. „Es ist ein Fläschchen, welches ihr am Gürtel tragen könnt. Seht hier die Gravur." Justus hatte das Fläschchen hochgehalten.

„Roberecht Erik Tarnus", hatte Tarnus entziffert und dann das Fläschchen geschüttelt. „Was ist da drin?"

„Vinum purum", hatte Justus der Schreiber gesagt.

„Oh", war es Tarnus entfahren. Solche Geschenke machte man keinem Dienstboten oder Angestellten. Da gab man Geld. Solche Geschenke machte man nur Gleichgestellten. „Vinum purum", hatte er wiederholt, „in einem adäquaten Gefäß. Sagt eurem Prinzipal gleichfalls meinen aufrichtigen Dank."

„Wird geschehen", hatte Justus geantwortet. „Ich hätte da aber noch eine Frage. Sagt, Meister Tarnus, was eigentlich hat euch bewogen, mit dem Ewer dieses Hans Richtung Lüneburg zu fahren?"

„Eine gute Frage", hatte Tarnus gemeint, „und ich freue mich, dass ihr sie jetzt zum zweiten Mal gestellt habt. Eigentlich war es nur der Wunsch, einmal einen Besanewer kennenzulernen und mit ihm auf der Elbe herumzufahren. Dazu noch bei laufendem Gehalt. Und einen Besanewer könnt ihr mir ja aus der Flotte eures Prinzipals nicht bieten."

Und Justus der Schreiber hatte breit gelacht. Dann hatte er Tarnus seine Hand hingestreckt. „Justus, wenn es recht ist."

Und Tarnus hatte eingeschlagen: „Für dich Tarnus, nicht Meister Tarnus."

„Wedel", rief Frietz. Tarnus öffnete die Augen. Frietz hatte seinen Ewer schon festgemacht. Tarnus musste wohl tief und fest geschlafen haben.

„Sag mal, Frietz, habe ich die ganze Stunde bis Wedel verpennt?"

„Wie ein Igel im Winter", meinte Frietz. „Aber jetzt mach mal Platz, damit die Schauerleute zum Laderaum durchkommen."

„Soll ich mit anpacken?"

„Bist du wahnsinnig? Willst du Ärger? Das ist hier bis aufs Letzte geregelt. Vertritt dir lieber die Beine. Ich komme gleich nach." Frietz erteilte den Schauerleuten einige Anweisungen, dann trat er zu Tarnus, der am Anleger stand. „Darf ich mal was sagen?"

„Nur zu."

„Deine Hiltrud, die ist wirklich eine ganz besondere Frau. Schlau ist sie und patent und hübsch noch obendrauf. Erik, du bist wirklich ein Glückspilz."

„Weiß ich, Frietz, weiß ich längst. Und ich war auch schon in St. Marien und habe eine ganz dicke Kerze angezündet."

„Kann ich verstehen." Dann wurde Frietz eifrig. „Was macht ihr denn da? Die Kiste bleibt an Bord. Zurück marsch marsch!" Und eilig lief er zu seinem Ewer zurück.

Tarnus dachte nach. Die Sache mit Hubertus van Boeningen im Reeperdaddel, nein, die würde er selbst Hiltrud nicht erzählen. Das ging nur ihn und van Boeningen etwas an.

Tarnus lag auf dem Stapel mit Tauen, den er allerdings in den Bug des Ewers gezogen hatte. Das war bequemer. So brauchte er nicht mehr auf die Rundstange des Segels aufzupassen. „Hättest du auch eher haben können", hatte Frietz gesagt, als er mitgeholfen hatte, den Taustapel zu verlagern.

Tarnus sinnierte. Was würde er Hiltrud noch berichten? Ein Gespräch mit Hannes dem Bader kam ihm in den Sinn, da hatten sie über das Valetudinarium des Florentinus von Bardowick und die Thalassotherapie gesprochen. Und Hannes hatte sich an den Kopf gefasst und immer wieder gesagt: „Wie blöd ich doch war, warum bin ich nicht selbst darauf gekommen?" Tarnus verwarf die Gedanken an das Gespräch mit Hannes. Über das zu berichten, war eigentlich nicht nötig. Besser über Carl von Bensheim, als sie sich in seinem Haus in der Reichenstraße gegenübersaßen.

„Tarnus, ich will euch eines sagen: Ich bin Hubertus und Florentinus von Bardowick wirklich dankbar. Hubertus bin ich dankbar dafür, dass er alles nur Erdenkliche veranlasst hat, um mir die beste Behandlung zukommen zu lassen. Und meinem Medicus bin ich dankbar, dass er mich mit seinem überragenden Fachwissen und den allerbesten Methoden behandelt hat." Bensheim hatte einen Schluck aus seinem Glas getrunken. „Allerfeinster alter Met. Den habe ich vermisst, sowohl im Valetudinarium, in dem ich untergebracht war, als auch bei meinen täglichen Aufenthalten in der Salzgrotte. Wisst ihr, die Thalassotherapie bedient sich der Heilkraft des Meeres und da bietet sich ja fernab des Meeres eine Salzgrotte mit ihrer salzgeschwängerten Luft an. Was mich erstaunt, dass andere Medici eine solche Therapie nicht praktizieren oder sie gar ablehnen. Was mich betrifft, bin ich voll des Lobes und werde dem Valetudinarium eine namhafte Donation zukommen lassen. Ich bin von einem sehr, sehr ernsten Leiden genesen. Gut, ich kann noch keine Bäume ausreißen, aber ich merke, wie meine Tatkraft Tag um Tag zurückkehrt. Aber ich rede und rede. Sagt, Tarnus, noch ein Glas von dem alten Met?"

„Da will ich nicht nein sagen", hatte Tarnus geantwortet.

„Was die geschäftlichen und organisatorischen Entscheidungen von Hubertus angeht, nun, da bedarf es sicherlich einiger Korrekturen. Da sind noch einige Maßnahmen zu treffen, aber ich denke, das lässt sich regeln. Aber er ist eben noch jung und in derlei Dingen unerfahren."

„Habt ihr euch schon entschieden, wie ihr eure Erbfolge zu regeln gedenkt?", hatte Tarnus gefragt.

„Auch da ist mir einiges klar geworden. Immerhin hatte ich ja genug Zeit, darüber nachzusinnen. Wisst ihr, hier in Hamburg einen Erben zu installieren, der aus Brügge kommt, das geht nicht. Das könnte zu Verwerfungen führen. Brügge ist nicht Hamburg. Wir haben hier ein fein austariertes System, wir haben hier gegenseitige Rücksichtnahmen, Abhängigkeiten und so weiter. Selbstverständlich gehe ich auch neue Wege. Das habt ihr daran sehen können, dass ich die Gelbe Drohne für die Umlandfahrt habe bauen lassen – also auf dem Seeweg um Dänemark herum. Aber trotz aller Neuerungen: Aus dem System ‚Hamburg' kann und will ich nicht ausscheren."

„Ich hörte, ihr hättet wieder Kontakt zu eurem Vetter."

„Das ist noch in den Anfängen. Ich habe vorgeschlagen, sich einmal zu treffen, und Eike hat zugestimmt. Ich meine, er ist mein Vetter und man muss sich ja nicht ein ganzes Leben lang aus dem Weg gehen. Blut ist immerhin dicker als Wasser. Außerdem hörte ich, dass er selbst ein hartnäckiges Leiden hat. Jetzt geht es nur noch um den Ort des Treffens."

Tarnus hatte sich vorgebeugt und mit einem feinen Lächeln gesagt: „Wenn alle Stricke reißen, bleibt euch immer noch mein Laden."

Und Bensheim hatte schallend gelacht. „Tarnus, euren Humor liebe ich. Ein Labsal für Genesende." Dann, nach einer Pause: „Ich denke, eine kleine Stube im Braunen Hirsch wäre angemessen, eine Kleinigkeit zum Essen und ein paar ausgesuchte Getränke."

„Euer Vetter ist Weinkenner", hatte Tarnus bemerkt.

„Das wusste ich gar nicht, aber das ist wirklich eine gute Idee. Dank euch, Tarnus."

Es wurde etwas kühler. Tarnus öffnete die Augen und plierte in den Himmel, aber da war nur eine Wolke, die vor der Sonne stand. „Ist es noch weit?", rief er, ohne sich umzudrehen.

„Noch'n büschen", hörte er.

Tarnus schüttelte den Kopf. Was war passiert? Eigentlich nicht viel. Ein Medicus weist seinen Patienten in das von ihm geleitete Valetudinarium ein, um ihn dort mit modernen Maßnahmen zu behandeln. Salz, Lüneburg, er sitzt sozusagen an der Quelle für Thalassotherapie. Ein übereifriger junger Mann mit Eheproblemen dilettiert erfolglos in der Sache „Handelsherr". Aber was kommt dazu? Zwei Vettern, die sich nicht grün sind, und ein potentieller Erbe des einen. Daraus resultiert eine aufgeheizte Atmosphäre. Und als der eine Vetter verschwindet, fällt gleich das Wort „Entführung" und die Sache geht ihren Gang: Jeder springt darauf an, Unterstellungen, Fantastereien und falsche Schlüsse machen die Runde. Ein Medicus, der sich modisch kleidet – der „eitle Gockel" – ist per se nicht seriös. Und einem arroganten jungen Mann, der nicht kommunizieren kann, traut man buchstäblich alles zu.

Ein zweites Mal schüttelte Tarnus den Kopf.

Wieder einmal ein Lehrstück in der uralten Sache der Verführbarkeit der Menschen, wie man sie manipulieren oder beeinflussen kann. Alle werfen sich auf eine Behauptung, die nicht bewiesen ist, aus Vermutung wird Wahrheit und er, Tarnus, macht mit. Er macht nicht nur mit, er ist treibende Kraft, er beeinflusst andere, er nimmt sie mit ins Boot.

Der Ewer nahm Kurs auf die Mündung der Krocker Aue. „Noch ein paar Minuten", ließ sich Frietz vernehmen. Tarnus stand auf. Was betete man im Vaterunser? „Und führe uns nicht in Versuchung." Das traf die Sache nicht ganz, aber an das Gebet wollte er von jetzt an häufiger denken.

Frietz riss Tarnus aus seinen Gedanken. „Wir hatten ja besprochen, dass ich nur anlege und dich an Land lasse. Ein Treidelkahn kann dich mitnehmen. Ich muss weiter hoch nach Ritzenbüttel."

„Weiß ich doch", antwortete Tarnus. Doch dann sah er, wie sich eine kleine Pferdekutsche der Anlegestelle näherte. Auf dem Kutschbock saß Hiltrud, noch schöner als sonst. „Hiltrud", rief er.

„Erik", kam es zurück und ein unbeschreibliches Glücksgefühl durchflutete Tarnus.